स्वास्थ्य संबंधी लोक कहावतें

आयुर्वेद और प्राकृतिक चिकित्सा का मर्म समेटे हुए सैकड़ों लोक-कहावतें

डॉ. अनुराग विजयवर्गीय
एम.डी. (आयुर्वेद)

पुस्तक महल®

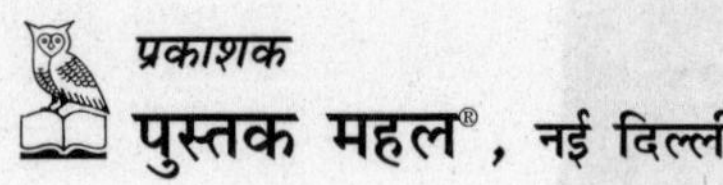

प्रशासनिक कार्यालय एवं विक्रय केन्द्र

J-3/16, दरियागंज, नई दिल्ली-110002
☎ 23276539, 23272783, 23272784 • फैक्स: 011-23260518
E-mail: info@pustakmahal.com • Website: www.pustakmahal.com

शाखाएं
बंगलुरू: ☎ 080-2234025 • टेलीफैक्स: 080-22240209
E-mail: pustakmahalblr@gmail.com
मुंबई: ☎ 022-22010941, 022-22053387
E-mail: unicornbooksmumbai@gmail.com
पटना: ☎ 0612-3294193 • टेलीफैक्स: 0612-2302719
E-mail: rapidexptn@gmail.com

ISBN 978-81-223-0979-9

संस्करण: 2016

मूल्य: ₹ 125/-

मुद्रकः आर.एम. इंटरनेशनल, दिल्ली

आभार

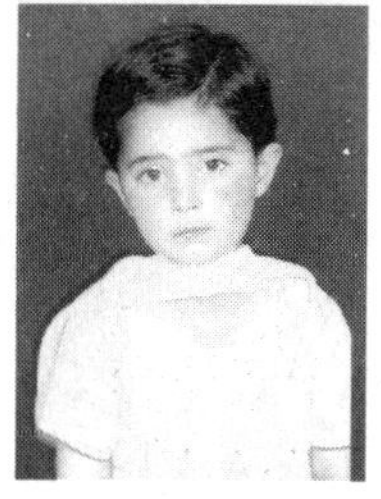

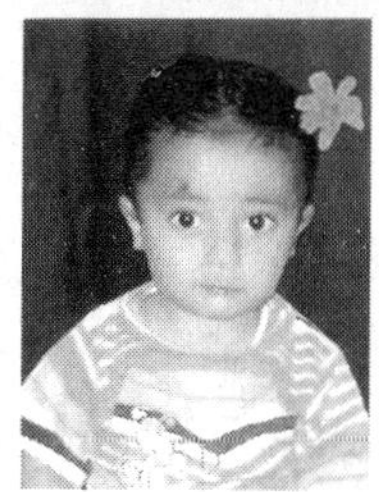

मैं अपनी पुत्री आयुशी एवं पुत्र ओजस का आभारी हूं, जिन्होंने पुस्तक लेखन में मेरा सहयोग हर पल बनाए रखा।

—लेखक

अपनी बात

लोक जीवन में लंबे समय के अनुभव के बाद जो बातें 'कथन' के रूप में चल पड़ती हैं, उन्हें 'कहावत' कहा जाता है। कहावतें एक,ही दिन में तैयार नहीं होती हैं, अपितु कहावतें दीर्घ कालीन प्रक्रिया से गुजरती हैं। 'लोक-मानस' इन्हें वक्त की कसौटी पर बार-बार कसता है। कसौटी पर पूरी तरह खरी उतरने पर ही कोई विषय 'कहावत' का स्वरूप ग्रहण कर पाता है। यह कहना अतिशयोक्ति नहीं होगा कि कहावतें हमारी धरोहर हैं। कहावतें 'गागर में सागर' भरने की अनूठी लोक परंपरा हैं।

यह पुस्तक स्वास्थ्य विषयक लोक कहावतों को अपने आंचल में समेटे हुए है। इसमें राजस्थान, बिहार, मध्यप्रदेश, उत्तरप्रदेश, हिमाचल प्रदेश, बंगाल इत्यादि राज्यों के लोक-मानस में बहुप्रचलित स्वास्थ्य संबंधी कहावतों का संकलन करते हुए, उन पर विस्तार पूर्वक शास्त्रीय ढंग से चिंतन करने का प्रयास किया गया है। प्रत्येक कहावत साक्षात् 'मंत्र' जैसी ही है, जिसमें स्वस्थ रहने एवं जीवन जीने की कला छिपी हुई है। निस्संदेह प्रत्येक कहावत स्वास्थ्य विषयक महत्त्वपूर्ण विचार की पूर्ण अभिव्यक्ति है। पुस्तक में दी गई कहावतें हमारे अतीत के समृद्ध बुद्धि कौशल, बुजुर्गों के बुद्धि-चमत्कार, लोकमान्य निष्कर्षों की श्रेष्ठतम् गवाह हैं। इस मायने में चूंकि हम सब अतीत के बल टिके हुए हैं, इसलिए अपने पूर्वजों के विशेष ऋणी भी हो जाते हैं।

इन दिनों जिस तरह 'स्वास्थ्य' एक चुनौती बनता जा रहा है, आम व्यक्ति की स्थिति विविध परीक्षणों से गुजरते हुए 'परीक्षण-जीव' (गिनी-पिग) जैसी होती जा रही है। हालात इतने बदतर हो चले हैं कि रोगी के रोग का उपचार अथवा निदान हो पाना भी अत्यधिक कठिन कार्य बन गया है। सफलता पूर्वक रोग का उपचार हो ही जाएगा, इसकी भी कोई सुनिश्चितता नहीं है। आम आदमी भी यह भली-भांति समझने लगा है कि तथाकथित अत्याधुनिक औषधियों के अंधाधुंध प्रयोगों से उसका स्वास्थ्य संकट में पड़ गया है। एक रोग के उपचार के लिए प्रयुक्त

हुई औषधि से दूसरे नए रोग की उत्पत्ति होना आम बात हो गई है। अनेकानेक रोग पैदा करने वाले जीवाणुओं में ही प्रतिरोध क्षमता (इम्यूनिटी) में अत्यधिक गिरावट आई है, यह नितांत चिन्ता का विषय है। ऐसे भीषण दौर में स्वास्थ्य संबंधी लोक कहावतें स्वास्थ्य संबंधी पथ-प्रदर्शित करते हुए मनुष्य मात्र के स्वास्थ्य संरक्षण-संवर्धन की दिशा में महत्त्वपूर्ण भूमिका निभाने में समर्थ है।

इन कहावतों में स्वास्थ्य संबंधी अनेक पहलुओं पर से रहस्य उद्घाटन किया गया है। जैसे कौन सी करवट में सोना चाहिए? भोजन कितनी बार एवं कैसे करना चाहिए? भोजन के साथ पानी पिएं या नहीं? भोजन के बाद क्या करें, क्या नहीं करें? सवेरे उठते ही पानी पीने से क्या लाभ? किस महीने में क्या खाएं, क्या न खाएं? खड़े होकर पानी पीने से क्या हानियां हैं? इत्यादि अनेकानेक स्वास्थ्य संबंधी गूढ़ प्रश्नों के उत्तर इन 'कहावतों' में सहज ही सुलभ हो जाते हैं।

आयुर्वेद के ऐसे अनेकानेक विषय, जिनके द्वारा 'प्राथमिक स्वास्थ्य-संरक्षण' सफलता पूर्वक होना संभव है, वे आज भी भारतीय लोक-मानस में स्वास्थ्य विषयक कहावतों के रूप में बहु प्रचलित हैं। इन कहावतों में स्वास्थ्य संरक्षण एवं बीमारियों के उपचार विषयक अनेक तथ्य सुलभ होते हैं। कहावतें ऐसी भी हैं, जिनके द्वारा आप अनेक रोगों का घर पर ही उपचार करने में समर्थ हो जाएंगे। औषधियों से पाठकों का परिचय बढ़ाने की दृष्टि से अनके वानस्पतिक नाम, अंग्रेजी, मराठी, बंगला, गुजराती, तमिल संबोधनों का भी स्थान-स्थान पर यथावश्यक उल्लेख किया गया है।

अंत में, लेखक उन समस्त आयुर्वेद के 'आर्ष-ग्रंथों' तथा अन्यान्य संदर्भ सूत्रों के प्रति आभारी एवं श्रद्धानत् है, जिनके सहयोग से कहावतों का वैज्ञानिक विश्लेषण किया जाना संभव हो सका। कहावतों में बताए गए स्वास्थ्य संबंधी नुस्खों एवं अन्यान्य पहलुओं से हुए लाभों एवं पाठकीय अनुभवों को जानने हेतु लेखक सदैव प्रतीक्षारत रहेगा।

—डॉ. अनुराग विजयवर्गीय
कंपिला निवास,
इन्द्र नगर, हिल टॉप,
ढली (शिमला) हिमाचल प्रदेश

विषय-सूची

1. लोक कहावतों में दिनचर्या

पहला सुख निरोगी काया,
दूजा सुख घर में हो माया।
तीसर सुख कुलवन्ती नारी,
चौथा सुख सुत आज्ञाकारी।
पंचम सुख भाई बलवीरा,
छठवां सुख राज में सीरा।
सप्तम सुख हो वास सुवासा,
अष्टम सुख हो पंडित पासा।
नवम सुख हों मित्र घनेरे,
ऐसे नर नहिं जग बहुतेरे।

प्रातः जागरण

तीन बजे जागे सुयोगी,
चार बजे जागे सुसंत।
पांच बजे जागे सो महात्मा,
छह बजे जागे सो भगत।
बाकी सब ठगत॥

इस कहावत में बतलाया गया है कि योगी पुरुष तीन बजे जाग जाते हैं, संत पुरुष चार बजे बिस्तर त्याग देते हैं, महात्मा लोग पांच बजे जाग जाते हैं, भक्तजन छह बजे जाग जाते हैं। शेष लोग जो छह बजे के बाद जागते हैं, वे स्वयं को ठग रहे होते हैं, अर्थात् अपने स्वास्थ्य के साथ खिलवाड़ कर रहे होते हैं।

ऋग्वेद में कहा गया है—प्राता रत्नं प्रातरित्वा दधाति (ऋ. 1/125/1) अर्थात् ब्राह्म मुहूर्त में उठने वाला व्यक्ति रत्नों को धारण करता है।

आंग्ल भाषा की सुप्रसिद्ध कहावत '**अर्ली टू बैड एंड अर्ली टू राइज, मेक्स अ मैन हेल्दी, वेल्दी एंड वाइज।**' ब्राह्म मुहूर्त में जागने की महिमा को बखूबी प्रतिपादित करती है। इस कहावत का तात्पर्य है—जल्दी सोने वाला, और सवेरे जल्दी जागने वाला व्यक्ति आरोग्यवान, भाग्यवान और ज्ञानवान होता है।

सवेरे जल्दी उठने के निरन्तर अभ्यास से व्यक्ति रोग एवं जरा (बुढ़ापे) से मुक्त होकर तथा रसायनवत् लाभ प्राप्त करता हुआ शतायु होता है। ब्राह्म मुहूर्त में तम एवं रजोगुण की मात्रा स्वल्प होती है तथा सत्वगुण का प्राधान्य होता है, इसलिए इस काल में मानसिक-वृत्तियां भी सात्विक और शांत हो जाती हैं।

ब्राह्म मुहूर्त में उठकर अध्ययन करने वाले विद्यार्थी अधिक मेधावी, स्वस्थ, चैतन्य एवं नवजीवन से परिपूर्ण होते हैं। माता-पिता को चाहिए कि बच्चों को टी.वी. देखने इत्यादि किसी भी कारण से देर रात तक जागने से रोका जाय। यदि माता-पिता स्वयं रात्रि में जल्दी सोते हैं और ब्राह्म मुहूर्त में उठ जाते हैं, तो निश्चित ही बच्चों पर इसका सकारात्मक प्रभाव पड़ेगा और वे भी उनका अनुसरण करेंगे।

ऐसी मान्यताएं भी हैं कि प्रातःकाल की वायु में 'अमृत-कण' विद्यमान रहते हैं। रात्रि में चंद्रमा की किरणों के साथ जो अमृत बरसता है, प्रातःकाल की वायु उसी अमृत को साथ लेकर मंद-मंद बहती है। यह वायु 'वीरवायु' कहलाती है। जब यही अमृतमयी वायु हमारे शरीर को स्पर्श करती है, तब हमारे शरीर में तेज, ओज, बल, शक्ति, स्फूर्ति एवं मेधा का संचार होता है, चेहरे पर दीप्ति आने लगती है। चित्त की प्रफुल्लता बढ़ती है तथा शरीर उत्तरोत्तर स्वस्थ, सबल बनता है। रक्त की शुद्धि होती है।

क्या है ब्राह्म मुहूर्त? : रत्नावली नामक ग्रंथ में रात्रि के अंतिम याम को, स्कंद-पुराण में रात्रि के अंतिम आधे याम को ब्राह्म मुहूर्त कहा गया है।

वैज्ञानिक दृष्टिकोण : अर्वाचीन चिकित्सा अनुसंधानों के अनुसार प्रातःकाल तीन बजे से पांच बजे पीयूष (पिट्यूटरी) तथा पीनियल ग्रंथियों से अंतःस्राव विशेष स्रावित होते हैं, जिनका हमारे शरीर पर अमृत के जैसा ही प्रभाव रहता है। ये अंतःस्राव शरीर की रोग-प्रतिरोध क्षमता का अभिवर्धन करते हैं तथा स्मरण-शक्ति को बढ़ाने वाले होते हैं।

उषा-पान

प्रातः काल खाट से उठकर,
पिए तुरतहिं पानी।
उस घर वैद्य कबहुं नहिं आए,
बात घाघ ने जानी।

यह कहावत 'उषा-पान' की महिमा बता रही है। प्रातःकाल खाट से उठकर (बिस्तर त्यागते ही) जो व्यक्ति तत्काल पानी पीता है, वह डॉक्टर, वैद्यों से दूर रहते हुए पूर्ण स्वस्थ जीवन यापन करता है।

ध्यान दीजिए

1. प्रातःकाल (रात्रि के अंतिम प्रहर में) पिया जाने वाला जल, दूध, मूत्र इत्यादि को आयुर्वेद एवं भारतीय धर्म-शास्त्रों में 'ऊषा-पान' शब्द से संबोधित किया गया है। सुप्रसिद्ध आयुर्वेदीय ग्रंथ 'योग रत्नाकर' के अनुसार सूर्य उदय होने के निकट समय में जो मनुष्य आठ पसर (प्रसृत) मात्रा में जल पीता है, वह रोग और बुढ़ापे से मुक्त होकर सौ वर्ष से भी अधिक जीवित रहता है।

2. प्रातःकाल बिस्तर से उठते ही, बिना मुख प्रक्षालन (कुल्ला इत्यादि) किए हुए ही पानी पीना चाहिए। कुल्ला करने के उपरांत पानी पीने से वांछित लाभ नहीं मिल पाते हैं। ध्यान रखें कि मल-मूत्र त्याग से पहले ही पानी पी लें। ऊषा-पान के लिए पिया जाने वाला पानी यदि तांबे के बरतन में रात भर रखा जाए, तो उससे और भी अधिक स्वास्थ्य लाभ प्राप्त हो सकेंगे। उल्लेखनीय है कि लोहे के बरतन में रखा हुआ दूध और तांबे के बरतन में रखा हुआ पानी पीने वाले को कभी यकृत (लीवर) और ब्लड (रक्त) संबंधी रोग नहीं होता है तथा उसका रक्त हमेशा शुद्ध बना रहता है। जल से भरा हुआ ताम्र-पात्र सीधे भूमि के संपर्क में नहीं रखना चाहिए, अपितु उसे लकड़ी के टुकड़े पर रखना चाहिए। पानी हमेशा उकड़ू बैठकर (उत्कर आसन) में पिएं।

3. सवेरे पानी पीने से अर्श (बवासीर), शोथ (सोजिश), ग्रहणी, ज्वर, उदर-रोग, जरा (बुढ़ापा), कोष्ठगत-रोग, मेद-रोग (मोटापा), मूत्राघात, रक्त-पित्त (शरीर के किसी भी मार्ग से होने वाला रक्तस्राव), कान-नाक-गला-सिर एवं नेत्र रोग, कमर-दर्द तथा अन्यान्य वायु, पित्त, रक्त और कफ आदि से संबंधित व्याधियां धीरे-धीरे समाप्त हो जाती हैं। **(योग-रत्नाकर)**

4. 'जल' में एक नैसर्गिक विद्युत होती है, जो रोगों का विनाश करने में समर्थ होती है। इसलिए जल के विविध प्रयोगों से शरीर के सूक्ष्म-अतिसूक्ष्म, ज्ञान तंतुओं के चक्रों पर अनूठा प्रभाव पड़ता है, जिससे शरीर के मूल भाग मस्तिष्क की शक्ति एवं क्रियाशीलता में चमत्कारिक बढ़ोत्तरी हो जाती है।

5. जब भी हम 'उषा-पान' करते हैं, तो तत्काल रात्रि-शयन-जनित कोष्ठावयवों का प्रमाद दूर होता है और उसमें चैतन्य का आविर्भाव होने लगता है। फलस्वरूप मलाशय और मूत्राशय की बेहतरीन ढंग से सफाई हो जाती है और शरीर में निर्मलता व लघुता का अनुभव होता है। शरीर के लिए विषतुल्य हानिप्रद मलों को शरीर से बाहर निकाल फेंकने के लिए 'उषा-पान' जैसा अमोघ अस्त्र भारतीय परंपरा में ही विद्यमान है, जो भारतीय महर्षियों के शरीर विषयक सूक्ष्म एवं विशद अध्ययन की खूबसूरत अभिव्यक्ति है। ऐसे लोग जिन्हें 'यूरिक एसिड' बढ़े होने की शिकायत है, उनके लिए तो सुबह पानी पीना किसी रामबाण औषधि से कम नहीं जान पड़ता है।

6. 'काकचंडीश्वर कल्पतंत्र' नामक आयुर्वेदीय ग्रंथ में रात के पहले प्रहर में पानी पीना 'विषतुल्य' बताया गया है। मध्यरात्रि में पिया गया पानी 'दूध' के समान लाभप्रद बताया गया है। प्रात:काल (सूर्योदय से पहले) पिया गया जल मां के दूध के समान लाभप्रद कहा गया है।

7. उषा-पान निषिद्ध है—विविध कफ़-वातज व्याधियों, हिचकी, आमाशय-व्रण (अल्सर), अफारा (आध्मान) न्यूमोनिया, क्षय, व्रण इत्यादि से पीड़ितों को उषा-पान नहीं करना चाहिए।

टहलने की महिमा

प्यास लगे तो जल पिए
भूखे भोजन खाय।
भ्रमण करे नित भोर में,
ता घर वैद्य न जाय।

इस कहावत में कही गई बातें इस प्रकार हैं—हमेशा प्यास लगने पर पानी पीना चाहिए, भूख लगने पर भोजन करना चाहिए और नियमित रूप से प्रात:काल भ्रमण करना चाहिए।

1. इस कहावत का सृजन भी हमारी स्वदेशी चिकित्सा-पद्धति 'आयुर्वेद' के आधार पर ही किया गया है। 'आयुर्वेद-महर्षि-अग्निवेश' ने चरक संहिता के

सूत्र स्थान के अध्याय सात में 'अधारणीय वेगों' के अन्तर्गत, अन्यान्य बिन्दुओं के साथ-साथ भूख और प्यास का वेग भी धारण नहीं करने के लिए कहा है। तात्पर्य यही हुआ कि जब प्यास लगे, तो अविलंब पानी पी लें तथा जब भूख लगे तो अविलंब आहार ग्रहण करें, अन्यथा शरीर को हानि पहुंचती है।

2. (अ) प्यास लगने पर भी पानी नहीं पीने से पैदा होने वाली बीमारियां—मुंह तथा गला सूखना, बहरापन, थकान, सांस फूलना, हृदय में वेदना।

(ब) भूख लगने पर भोजन नहीं करने से पैदा होने वाले विकार—कमजोरी, दुबलापन, शरीर का वर्ण परिवर्तित होना, शरीर में टूटन जैसी अनुभूति, भोजन के प्रति अनिच्छा का भाव पैदा होना, चक्कर आना।

3. अन्यत्र भी एक बहु प्रचलित कहावत में कहा गया है—

भूख गए भोजन मिले,
जाड़ा गए रजाई।
जोबन गए तिरिया मिले,
कौन काम की भाई॥

अर्थात् भूख लगने के बाद यदि समय पर भोजन नहीं मिले, जाड़ा (सरदी) जाने के बाद यदि रजाई मिले तथा यौवन चले जाने के बाद स्त्री मिले तो क्या फायदा?

4. आयुर्वेदीय ग्रंथ 'योग रत्नाकर' में यह बतलाया गया है कि भूख लगने पर भी भोजन नहीं करने से जिस प्रकार लकड़ी के बिना आग बुझ जाती है, उसी प्रकार आहार-रूपी लकड़ी के बिना जठराग्नि (पेट की आग) मंद पड़ जाती है। भूख लगने पर भोजन करने से तत्काल प्रसन्नता, बल, शरीर की धारणा-शक्ति, स्मरण-शक्ति, आयु, सामर्थ्य, वर्ण, ओज, वीर्य और शोभा बढ़ती है।

5. प्यासा मनुष्य भूलकर भी, बिना प्यास बुझाए भोजन नहीं करे तथा भूखा मनुष्य बिना आहार ग्रहण किए हुए पानी नहीं पिए। यदि प्यासा मनुष्य भोजन करता है, तो उसे गुल्म (वायु गोला) नामक रोग पैदा हो जाता है। इसी प्रकार (भूखा) मनुष्य यदि आहार ग्रहण करके भूख मिटाने के स्थान पर पानी पीता है, तो उसे 'जलोदर' नामक रोग हो जाता है।

6. 'भ्रमण करें नित भोर में'..... इस कहावत के अंत में नित्य भोर होते ही टहलने की सलाह दी गई है। टहलना सरलतम और लाभकारी व्यायाम है। जितने लाभ व्यायाम करने से मिलते हैं, उतने ही सहज रूप में टहलने से मिल जाते हैं। टहलने से श्वास, हृदय गति एवं रक्त-प्रवाह पर बेहद सकारात्मक परिणाम मिलते हैं। टहलते समय श्वास-प्रश्वास की गति तीव्र होने से शरीर से विजातीय-द्रव्य भी तेजी से बाहर निकलने लगते हैं।

- राष्ट्रपिता महात्मा गांधी टहलने के प्रबल पक्षधर थे। **'आरोग्य की कुंजी'** में वह लिखते हैं—'उत्तम से उत्तम कसरत है.....खुली हवा में तेजी से घूमना।' घूमते समय मुंह बंद होना चाहिए और नाक से श्वास लेनी चाहिए। टहलते समय शरीर बिल्कुल सीधा और तना हुआ रहना चाहिए। टहलने से पाचन प्रणाली को उत्तेजना प्राप्त होती है, परिणामस्वरूप 'कब्ज' दूर होती है। यह भी निर्विवाद रूप से साफ है कि टहलने से भूख बढ़ती है।
- टहलने के लिए सवेरे चार से छह बजे का समय सर्वश्रेष्ठ माना गया है। सायंकाल भी टहला जा सकता है। प्रात:काल टहलने से दिन भर स्फूर्ति बनी रहती है। टहलते समय स्वत: ही प्राणायाम हो जाता है, यदि टहलते समय क्रमबद्ध रूप से गहरे श्वास भी लिए जाएं, तो सोने पर सुहागे जैसा लाभ होता है। श्वास-प्रश्वास की एक सहज विधि यह हो सकती है कि हम पांच-सात कदमों तक श्वास छोड़े और पुन: पांच-सात कदमों तक गहरा श्वास ग्रहण करें। जितना समय श्वास छोड़ने में लगाएं, उतना ही श्वास लेने में लगाएं। इस प्रकार प्राणायाम करते हुए नियमित टहलने से शरीर-स्थित दोषों-विकारों का सम्यक शोधन हो जाता है, जलोदर (पेट में पानी भरना) इत्यादि विविध बीमारियों तथा विविध रस-रक्त आदि धातुगत दोषों की सहज ही शांति होने लगती है। शरीर में हलकेपन का भाव तथा मोटापा कम होकर चरबी घटने लगती है। टहलने से दुबले-व्यक्ति को नव शक्ति प्राप्त होती है। पेट में गैस बनना, भूख नहीं लगना, कब्ज रहना, सिरदर्द, जुकाम, खांसी, बुखार इत्यादि विकार मात्र सवेरे टहलने से सहज ही दूर होते हैं।
- हमारी स्वदेशी चिकित्सा पद्धति 'आयुर्वेद' के अनुसार टहलने से कफ, मोटापा, शरीर की नाजुकता का विनाश होता है। आयुर्वेद महर्षियों ने टहलने को 'चंक्रमण' शब्द से संबोधित किया है।
- 'टहलना' शारीरिक एवं मानसिक स्वास्थ्य के लिए अपरिहार्य है। टहलने से मन को शांति प्राप्त होती है तथा काम, क्रोध, ईर्ष्या इत्यादि मनोदोषों का शमन होता है। नित्य प्रात: काल टहलने से एकाग्रता का भाव भी विकसित होता है। इससे सुख पूर्वक गहरी नींद आती है, जिससे संपूर्ण शरीर को असीम-शांति की अनुभूति होती है। आरंभ में आधा किलोमीटर टहलने की आदत श्रेष्ठ है, तदुपरान्त इसे क्रमश: तीन-चार किलोमीटर तक बढ़ाया जा सकता है। नवीन अनुसंधान बतलाते हैं कि टहलने से घुटनों के जोड़ सुचारु रूप से कार्य करने लगते हैं और युवावस्था में भी स्वस्थ एवं सबल बने रहते

हैं। जो लोग बढ़ी हुई तोंद से परेशान हैं, उनके लिए भी टहलना किसी वरदान से कम नहीं।

आंख में अंजन

आंख में अंजन, दांत में मंजन,
नितकर, नितकर, नितकर।
नाक में अंगुली, कान में तिनका,
मतकर, मतकर, मतकर।

आंख में अंजन तथा दांत में मंजन नित्य करणीय है। नाक में अंगुली तथा कान में तिनका कभी नहीं करें।

1. नेत्रों के संपूर्ण स्वास्थ्य के लिए इनमें अंजन डालने की परंपरा अति प्राचीन काल से भारतीय-परिवेश में विद्यमान है। अंजन लगाने से आंखों की खुजली, रक्तिमा (लाली), नेत्रों से पानी निकलना, दर्द इत्यादि शिकायतें दूर होकर नेत्रों का स्वास्थ्य बना रहता है तथा नेत्र संबंधी कोई विकार पैदा नहीं होते। अंजन के प्रयोग से दृष्टि दर्पण की तरह स्वच्छ एवं तेजोमय हो जाती है। अंजन प्रयोग हेतु सर्वश्रेष्ठ समय प्रात:काल है, किन्तु ऐसा अंजन जो नेत्रों में जलन पैदा करता है, वह रात में ही लगाया जाना चाहिए। अंजन लगाने के आधा घंटे बाद दोनों आंखें शीतल जल से धो लेनी चाहिए। ऐसा नहीं करने से नेत्रों में उभरी एवं एकत्रित हुई गंदगी नेत्रों को हानि पहुंचा सकती है।

दांत में मंजन

दांतों के स्वास्थ्य के लिए नित्य-प्रतिदिन मंजन भी अनिवार्य रूप से किया जाना चाहिए। अंग्रेजी भाषा में कहा गया है 'गुडटीथ.....गुड हेल्थ' अर्थात् अच्छे दांत... अच्छा स्वास्थ्य। दांतों में मंजन या दातुन करने से मुख की विरसता, दांतों, जीभ तथा मुख में होने वाले रोग नहीं होते। नित्य मंजन करने से भोजन के प्रति रुचि बढ़ जाती है, मुख में स्वच्छता की अनुभूतियां होती हैं तथा शरीर में हलकापन (लाघव) आता है।

- नाक में अंगुली करना एवं कान में तिनका करना इन अंगों को तो स्थानीय कष्ट-प्रद हो ही सकता है, लोकाचार में भी ऐसा करना अभद्रता ही कहा जाएगा। आयुर्वेद-महर्षि अग्निवेश ने स्पष्ट शब्दों में लिखा है—
  'न नासिकां कुष्णियात्।' अर्थात् नाक में अंगुली न डालें।

- कान में तिनका डालने से कान का परदा फटना, कान से खून आना, गंदे तिनके से कान में संक्रमण होने जैसी शिकायतों का पैदा होना संभव है।
- इसी कहावत से समान अर्थ रखने वाली एक अन्य कहावत भी बहुप्रचलित है—

  ताब में लंघन, फोड़ा को बंधन, नित कर, नित कर, नित कर।
  कान में तिनका, नाक में अंगुली, मत कर, मत कर, मत कर।

ताब बुखार में नित्य लंघन हलका आहार करना चाहिए। फोड़े की नित्य साफ-सफाई करके बांधना चाहिए।

वामशयन

वाम करवट सोवे,
काल बैठ के रोवे।

बाईं करवट सोना स्वास्थ्य के लिए नितांत लाभप्रद है, यही भाव इस कहावत का है। यहां पर 'काल' से अभिप्राय है—मृत्यु! बाईं करवट सोना इतना अधिक लाभप्रद है कि ऐसे व्यक्ति को मृत्यु भी अपनी चपेट में नहीं ले पाती है और वह पूर्ण स्वस्थ रहता है।

1. आयुर्वेद-वाङ्मय में स्थान-स्थान पर 'वाम शयन' करने का निर्देश किया गया है। चरक संहिता में लिखा है कि बाईं करवट सोने वाला, दिन में दो बार मल त्याग करने वाला तथा अल्प मात्रा में मैथुन (सेक्स) करने वाला व्यक्ति सौ बरस तक जीता है।

2. एक अन्य मान्यता के अनुसार रात के समय बाईं करवट तथा दिन में दाहिनी करवट में सोना लाभप्रद बतलाया गया है, इससे भोजन सुगमता पूर्वक पच जाता है। चित्त सोना स्वास्थ्य के लिए हानिप्रद बतलाया गया है, चित्त सोने से बुरे सपने आते हैं, मेदो रोग (मोटापा) बढ़ता है तथा मस्तिष्क को हानि पहुंचती है।

योगाभ्यास

देखा-देखी साधै जोग,
छीजै काया बाढ़ै रोग।

इस कहावत के अनुसार व्यायाम अथवा योग-साधना कभी भी दूसरों की देखा-देखी नहीं करनी चाहिए, वरना इससे शरीर को हानि पहुंचती है। छीजै काया का मतलब है कि शरीर दुर्बल होने लगता है तथा बाढ़ै रोग का अभिप्राय है—रोग

बढ़ते हैं। योग-साधना उपयुक्त गुरु के मार्गदर्शन में ही करनी चाहिए। इस संदर्भ में अपने शरीर की अनुकूलता-प्रतिकूलता का भी विशद ज्ञान होना अनिवार्य है।

1. 'चाणक्य नीति-शास्त्र' में कहा गया है कि धीरे-धीरे धन का उपभोग करना चाहिए, धीरे-धीरे चलना चाहिए, धीरे-धीरे विद्या और धर्म की सिद्धि करनी चाहिए तथा धीरे-धीरे व्यायाम करना चाहिए।

2. आयुर्वेद कहता है कि अपनी शारीरिक क्षमता के अनुसार योगाभ्यास, व्यायाम इत्यादि करने से सेहत बनती है, जबकि निज-शक्ति से बहुत अधिक व्यायाम करने से शरीर का क्षय होने लगता है।

दातुन और हरड़

मोटी दतुअन जो करे,
नित उठि हर्रा खाय।
बासी पानी जो पिये,
ता घर वैद्य न आय।

इस कहावत के अनुसार मोटी दातुन करने वाला, नित्य सवेरे हरड़ का सेवन करने वाला तथा प्रात:काल बासी पानी (रात का रखा हुआ) पीने वाला व्यक्ति कभी अस्वस्थ नही होता है।

1. दातुन करने से मुख का स्वाद ठीक बना रहता है, मुख से दुर्गन्ध आने की शिकायतें दूर होती हैं, जीभ के विविध रोगों से बचाव होता है। मुख में स्वच्छता की अनुभूतियां होती हैं। भोजन के प्रति रुचि बढ़ती है तथा शरीर में हलकापन आता है।

2. आयुर्वेद के अनुसार हमें नित्य प्रतिदिन सुबह-शाम बारह अंगुल लंबी, कनिष्ठिका अंगुली के समान मोटी, मुलायम, बिना गांठ वाली तथा चिकनी दातुन को चबाकर, मुलायम कूंची बनाकर, एक-एक दांत को रगड़ते हुए साफ करना चाहिए। हमेशा ऐसे वृक्ष की ही दातुन लेनी चाहिए, जिसके गुण-धर्मों की जानकारी हो। अपरिचित वृक्ष जहरीला भी हो सकता है।

3. शहद, सोंठ, काली मिर्च, पीपल (पाइपर लौंगम) के चूर्ण अथवा सरसों का कड़वा तेल, सेंधा नमक के चूर्ण को दातुन पर लगाकर, दांतों को साफ किया जा सकता है। दातुन के माध्यम से यह सब सामग्री दांतों पर रगड़ने से शर्करा (टार्टर) नहीं जम पाता है। निचले दांतों में कूंची नीचे से ऊपर एवं ऊपर के दांतों

में ऊपर से नीचे फेरनी चाहिए। समय के विचार से शरीरगत दोष, प्रकृति, रस, वीर्य के अनुरूप वृक्ष की दातुन का चयन करना चाहिए।

4. नीम, वट (बरगद), असन, आक, खैर (खदिर), करंज, करवीर, सर्ज, मालती, अर्जुन इन वृक्षों की जड़ अथवा शाखा से दातुन बनानी चाहिए।

5. दातुन करने के बाद आंखों पर शीतल जल के छींटे देने चाहिए। शीतल जल को मुख में भरकर, आंखों पर सिंचन करना चाहिए। शीतल जल का उपयोग ग्रीष्म एवं शरद ऋतुओं में करना चाहिए। अन्य ऋतुओं में गुनगुने पानी से ही नेत्र प्रक्षालन एवं गरारे करना चाहिए।

6. दातुन सूख गई हो, जो घुन से खाई हुई हो या बीच में से खोखली हो, ऐसी दातुन का प्रयोग नहीं करना चाहिए।

7. अपच, दमा, खांसी, नया-बुखार, चेहरे का लकवा (फेशियल-पेरालायसिस) मुंह में छाले, प्यास, नेत्र रोगों, कर्ण रोगों, शिर रोगों से पीड़ित होने की अवस्था में दातुन नहीं करनी चाहिए।

8. जयपुर के महाराजा सवाई रामसिंह के समय में हुए, गौरवमयी, 'भट्ट-वैद्यों की वंशावली' के मूर्धन्य विद्वान वैद्य श्री कृष्णराम भट्ट ने अपने सुप्रसिद्ध ग्रंथ 'सिद्ध-भेषज-मणिमाला' में दातुन के विषय में महत्त्वपूर्ण एवं रोचक तथ्य उजागर किया है। वैद्यराज के अनुसार प्रतिदिन दातुन करते समय, दातुन को बाईं दाढ़ से ही चबाते हुए कूंची तैयार करें। ऐसा करने से नेत्र ज्योति बढ़ती है।

9. आयुर्वेद में वृक्ष विशेष की दातुन से होने वाले लाभों का विशद विवेचन किया गया है।

वृक्ष	दातुन करने से होने वाले लाभ
1. आक (अर्क)	वीर्य-प्राप्ति
2. वट (बरगद)	दीप्ति-प्राप्ति
3. खदिर (खैर)	मुख-सुगंधि
4. बेल (बिल्व)	विपुल सम्पत्ति की प्राप्ति
5. गूलर (उदुम्बर)	वचन की सिद्धि (जो कहें, वही पूर्ण हो जाए)
6. आम	आरोग्य-प्राप्ति
7. कदम्ब	धैर्य एवं धारणा शक्ति की प्राप्ति
8. चम्पा	वचन एवं शास्त्र में दृढ़ता
9. शिरीष (सिरस)	यश, सौभाग्य, आयु और आरोग्य की प्राप्ति

10. अपामार्ग (लटजीरा)	धैर्य, धारणा-शक्ति, समझने की शक्ति एवं ध्वनि
11. अनार (दाड़िम)	शरीर-सौष्ठव
12. कुटज	शरीर-सौष्ठव
13. चमेली, तगर, मंदार	बुरे स्वप्नों का नाश
14. करंज	विजय प्राप्ति
15. प्लक्ष (पाकर)	धन-संपत्ति की प्राप्ति
16. बेर (बदर)	मधुर-ध्वनि की प्राप्ति

इस प्रकार विविध वृक्षों की दातुनों से होने वाले लाभों से पाठक सहज ही अनुमान लगा सकते हैं, कि कहावत में 'मोटी दतुअन जो करे ... ता घर वैद्य न आए।' क्यों कहा गया?

नित उठि हर्रा खाय

हर्रा का तात्पर्य है, हरड़। आयुर्वेदीय वाङ्मय में हरड़ को 'हरीतकी' शब्द से संबोधित किया गया है। मदनपाल निघंटु नामक आयुर्वेदीय ग्रंथ में बतलाया गया है कि सभी रोगों का नाश करने का गुण होने से इसका नाम 'हरीतकी' पड़ा। आयुर्वेद में 'हरड़' को रसायन औषधि के रूप में जाना जाता है। रसायन उसे कहा जाता है, जो बुढ़ापे और रोग से मुक्ति दिलाता है। आयुर्वेद में विभिन्न ऋतुओं में अनुपान-भेद से 'हरड़' का उपयोग इस प्रकार किया जाता है—

ऋतु	अनुपान
1. वर्षा	सेंधा नमक
2. शरद	शर्करा
3. हेमन्त	सोंठ (डाई जिंजर)
4. शिशिर	पिप्पली (मघा-पाइपर लौंगम)
5. वसंत	शहद (हनी)
6. ग्रीष्म	गुड़

हरड़ के बारे में आयुर्वेद जगत में एक सूक्ति को विशेष रूप से याद किया जाता है। संस्कृत में लिखी उस सूक्ति के अनुसार जिसके घर में मां नहीं है, उसके लिए हरड़ मां के समान ही है। माता तो कभी क्रोधित हो भी सकती है, लेकिन पेट में गई हुई हरड़ कभी क्रोधित (हानिप्रद) नहीं होती है।

हरड़ नाड़ी-संस्थान को शक्ति प्रदान करती है। स्मरण-शक्ति को बढ़ाती है, नेत्र आदि इंद्रियों को शक्ति प्रदान करती है। इसके सेवन से भूख खुलकर लगती है, अन्न का भली-भांति पाचन हो जाता है, यकृत को उत्तेजना प्राप्त होती है, मल-मूत्र सुगमता पूर्वक शरीर से बाहर हो जाते हैं, हलकी दस्तावर भी है, पेट के कीड़ों को दूर करती है, पानी में उबालने पर यह दस्त रोकने का काम करती है, फलस्वरूप संग्रहणी रोग में सर्वश्रेष्ठ पथ्य मानी गई है। इसका सेवन करने से शरीर में कहीं भी हुई सूजन (शोथ) दूर होती है तथा हृदय को शक्ति प्राप्त होती है। यह परम-यौन-शक्ति वर्धक (सेक्स स्टीमुलेटर) है तथा पेशाब को खुलकर लाती है। इसका नियमित सेवन करने से पुराने से पुराने बुखारों से मुक्ति मिल जाती है।

कच्ची हरड़ को मुंह में चबाकर खाने से भूख खूब खुलकर लगती है। बारीक चूर्ण बनाकर हरड़ का सेवन करने से मल की शुद्धि होती है। पानी में उबालकर हरड़ का सेवन करने से यह संग्रहणी नामक कठिन रोग को दूर करती है। तवे पर भूनकर सेवन करने से यह वायु, पित्त, कफ नामक तीनों दोषों को शांत करती है। चरक संहिता में बताया गया है कि भोजन पच जाने के उपरांत नित्य सवेरे एक हरड़ का सेवन करें।

हरड़-निषेध : जो लोग बहुत चलने से थक चुके हैं, दुर्बल हैं, उपवास इत्यादि से जिनका शरीर दुबला हो गया है, पित्त प्रकृति वाले, गर्भवती महिलाएं, तृष्णा रोग से पीड़ितों, रूखा आहार ग्रहण करने वालों, अत्यधिक मदिरापान करने वालों को हरड़ का सेवन नहीं करना चाहिए। तृष्णा रोग से पीड़ित का लक्षण यह है कि इस रोग से पीड़ित व्यक्ति की प्यास बार-बार पानी पी लेने पर भी नहीं बुझती है।

इस कहावत के जैसा ही भाव रखने वाली कुछ कहावतें भी लोक प्रचलन में हैं-

- **नीम दातून जो करे,**
  कच्ची हरड़ चबाय।
  'घाघ' कहे सुन भादुरी,
  तिन घर वैद्य न जाय। (बिहारी लोक कहावत)
- ***ओकारे दातण करे, निरणे हरड़े खाय।***
  दूधो ब्यालू जो करे, ता घर बैद न जाय। (राजस्थानी लोक कहावत)

  अर्थात् नहाने से पहले दो अंगुलियों अथवा दातुन से जीभ को ओ-ओ ध्वनि करते हुए जो साफ करता है, बिना कुछ खाए हुए प्रातःकाल हरड़ खाता है

तथा जो व्यक्ति नियमित रूप से दूध से निर्मित आहार (ब्यालू) ग्रहण करता है, वह सदैव स्वस्थ रहता है।

❑ ***दूधन यारी जो करे, नित उठ हर्रा खाय।***
मोटी दातुन जो करे, ता घर वैद्य न जाय।

अर्थ सुस्पष्ट है।

❑ ***चना-चबावन जो करै, नित उठ हर्रा खाय।***
मुख-प्रसन्न छविमय रहे, दंत वज्र हो जाय।

अर्थात् चने इत्यादि कठोर चीजों को जो चबाकर खाता है, नित्य सवेरे उठकर हरड़ खाता है, उसका चेहरा सुंदर, प्रसन्नता से पूर्ण हो जाता है। साथ ही दांत वज्र के समान मजबूत हो जाते हैं।

प्रातः स्नान की महिमा

दोनों बेर जो चले-फिरे, तीन काल जो खाय।
सदा स्वस्थ सुंदर रहे, जो प्रातहि उठ नहाय॥

दोनों बेर (दोनों बार अर्थात् सुबह-शाम) जो चलता, फिरता (टहलता) है, तीन बार जो आहार ग्रहण करता है, नित्य प्रात:काल उठकर स्नान कर लेता है, वह व्यक्ति सदा स्वस्थ और सुंदर बना रहता है।

1. सुबह-शाम भ्रमण (टहलने) के विषय में विस्तार पूर्वक 'टहलने की महिमा' शीर्षक के अंतर्गत पूर्व में बताया जा चुका है। हालांकि शास्त्रों में दो बार खाने का निर्देश किया गया है, लेकिन इस कहावत में तीन बार खाना खाने की सलाह दी गई है, यह विषय विचारणीय है। हर व्यक्ति के शरीर के अनुसार आहार की मात्रा, भूख इत्यादि पृथक्-पृथक् हो ही सकती है।

2. इस कहावत में प्रात:काल स्नान करने का महत्त्व प्रतिपादित किया गया है। भारतीय धर्म-शास्त्रों में भी 'स्नान' की महिमा बखूबी प्रदर्शित की गई है। कहा भी है कि सौ काम छोड़कर भोजन करना चाहिए, हजार काम छोड़कर स्नान करें, लाख काम छोड़कर दान-पुण्य के कार्य करें और करोड़ों काम छोड़कर ईश्वर का भजन करें।

3. सभी प्रकार के स्नानों में जल-स्नान का विशिष्ट महत्त्व है। अन्यत्र भी बतलाया गया है कि प्रात:स्नान, गायों की सेवा, उपवन में काम करना तथा माता-पिता की सेवा—ये सब कार्य पुण्यप्रद और स्वास्थ्यप्रद होते हैं। गरम पानी से किया जाने वाला स्नान तत्काल स्फूर्तिदायक बतलाया गया है। स्नान हमेशा हाथी की भांति करना चाहिए।

4. **प्रातः स्नान से होने वाले लाभ :** मन में प्रसन्नता के भाव पैदा होते हैं, बुरे सपनों का आना बंद हो जाता है, स्नान पवित्रता का साक्षात् वर है, इससे अपवित्रता दूर हो जाती है। शरीर का तेज बढ़ता है, रूप बढ़ता है, शत्रुओं का नाश होता है। कामाग्नि (सेक्स) को जगाता है, स्त्रियों के मन को हर लेता है तथा इससे थकावट दूर होती है।

वस्त्र और पानी

स्वच्छ वस्त्र पहनें सदा, निर्मल पीवें नीर।
भोजन भी सात्विक करें, रुग्ण ना होय शरीर॥

जो व्यक्ति सदैव साफ-सुथरे कपड़े धारण करता है, स्वच्छ पानी पीता है, सात्विक भोजन करता है, वह कभी बीमार नहीं पड़ता है।

1. आयुर्वेद के अनुसार, हमेशा स्वच्छ वस्त्र धारण करने चाहिए। आयुर्वेद-महर्षि अग्निवेश ने निर्मल वस्त्र धारण करने पर जोर देते हुए कहा है कि निर्मल वस्त्र धारण करने से यश प्राप्ति होती है। ऐसे परिधान आयु को बढ़ाते हैं, इनसे आनंद का बोध होता है। निर्मल वस्त्र त्वचा के लिए हितकर होते हैं तथा लोगों को आकर्षित करने वाले होते हैं।

2. संस्कृत-वाङ्मय में भी कहा गया है कि मलिन वस्त्र धारण करने से लक्ष्मी दूर हो जाती है। गरुड़ पुराण में बताया गया है कि मलिन वस्त्र धारण करने वाले, मलिन दांत रखने वाले, अधिक भोजन करने वाले, कठोर भाषण करने वाले, सूर्योदय-सूर्यास्त के समय निद्रा लेने वाले यदि स्वयं विष्णु भगवान भी हों, तो लक्ष्मी उनका परित्याग करती हैं।

3. पानी हमेशा छानकर ही पीना चाहिए। मनुस्मृति में भी वस्त्र से शुद्ध किए गए पानी को पीने की सलाह दी गई है। अशुद्ध जल के सेवन से ही हीपेटाइटिस, टायफाइड, गैस्ट्रो-एंटायटिस इत्यादि बीमारियां फैलती हैं। दुनिया भर में प्रतिमास तीन लाख लोग दूषित जल से पैदा होने वाले दस्त (डायरिया) से पीड़ित होकर मृत्यु के ग्रास बन जाते हैं। टायफाइड, विविध यकृत रोगों तथा डायरिया, जैसे रोगों की उत्पत्ति में जीवाणु-युक्त जल सेवन करने की विशेष भूमिका रहती है। पीने के पानी में साल्मोनेला टाइफी, युस्चेरिचिया कोली, विब्रियो कॉलेरा एवं हीपेटाइटिस 'ए' और 'बी' जैसे जीवाणु प्रमुखतः मिलते हैं।

4. कपड़े से छना हुआ जल पीने का निर्देश आयुर्वेद में भी किया गया है। मोटे-कपड़े से छानकर पानी पीने से ढेर सारे जलीय उपद्रव्यों, विषाणुओं से सहज

ही मुक्ति मिल जाती है। छना हुआ जल पीना हमारे स्वास्थ्य के लिए किसी 'बीमे' से कम नहीं। जरूरत इस बात की है कि आम लोगों में इस विषय में सजगता बढ़े। हमारा प्रयास यह होना चाहिए कि घर अथवा बाहर जहां भी हमें पानी की आवश्यकता महसूस हो, शुद्ध जल का ही सेवन किया जाय। घर से बोतल भरकर ऑफिस ले जाने की व्यवस्था भी बहुत हितकर है।

5. इन दिनों बाजार में अनेक प्रकार के फिल्टर उपलब्ध हैं, उनका भी जल शुद्धि के लिए उपयोग किया जा सकता है। गर्भवती महिलाओं तथा बच्चों को तो हर हालत में फिल्टर किया गया जल ही पिलाया जाना चाहिए। बच्चों को नियमित रूप से ऐसे निर्देश दिए जाने चाहिए, ताकि वे स्कूल अथवा अन्यान्य स्थलों का प्रदूषित पानी नहीं पिएं।

6. ऐसे क्षेत्र जिनमें प्रदूषित जल की दर ज्यादा है, वहां के निवासियों को चाहिए कि वे भली-भांति उबालकर शीतल किए गए जल का ही सेवन करें। उबालने की प्रक्रिया के द्वारा पानी में मौजूद समस्त विषाणु नष्ट हो जाते हैं। शुद्ध पानी प्राप्त करने की यह एक सस्ती एवं सुगम विधि हो सकती है। 'आयुर्वेद' में भी उबाले हुए जल को विविध रोगों के संदर्भों में अत्यधिक लाभप्रद बताया है।

7. आयुर्वेदीय ग्रंथ शारंगधर-संहिता के अनुसार पानी को इतना उबालें कि उसका आठवां हिस्सा शेष रहे अथवा चौथाई हिस्सा शेष रहे। इस प्रकार उबाला गया पानी विविध-कफ-विकारों, आम-वात (आर्थराइटिस), पेट के कीड़ों, मेद-वृद्धि (मोटापा), कब्ज, भूख नहीं लगना, खांसी, दमा, बुखार इत्यादि विकारों की अमोघ औषधि माना गया है।

8. एक अन्य कहावत में भी पानी को छानकर पीने की सलाह दी गई है—

पानी पीजिए छानकर,
गुरु कीजिए जानकर।

अर्थात् पानी हमेशा छानकर ही पीना चाहिए तथा गुरु भली-भांति जांच-परखकर बनाना चाहिए। सुपात्र को ही गुरु बनाया जाना चाहिए।

२. लोक कहावतों में आहार द्वारा चिकित्सा

जैसा खाए अन्न...

जैसा खाए अन्न,
वैसा होवे मन।
जैसा पीए पानी,
वैसी होए वानी।

कहावत के पहले आधे हिस्से में बताया गया है कि व्यक्ति जैसा अन्न सेवन करता है, वैसा ही उसके मन का निर्माण होता है। आश्चर्य की बात यह है कि उपनिषदों में बताया गया यह महत्त्वपूर्ण विषय, एक साधारण सी प्रतीत होने वाली लोक कहावत तक भी दस्तक देता हुआ आ पहुंचा है।

1. छांदोग्योपनिषद् में यही विषय बहुत खूबसूरती के साथ विवेचित हुआ है, उसके अनुसार आहार यदि शुद्ध है, तो अंत:करण (मन) भी शुद्ध (पवित्र) रहता है।

उल्लेखनीय है कि आहार की शुद्धि से सत्व (मन) की शुद्धि होती है, सत्वशुद्धि से बुद्धि निर्मल और निश्चयी बन जाती है, फिर पवित्र और निश्चयी बुद्धि से मुक्ति भी सुगमता से प्राप्त होती है।

2. धर्म-ग्रंथों में समस्त-शुद्धियों में 'अन्न-शुद्धि' का विशेष महत्त्व बतलाया गया है। ऐसी भी मान्यताएं रही हैं कि शरीर मन और प्रजा (संतान) की उत्पत्ति 'अन्न से' ही होती है। इन तीनों को शुद्ध, पवित्र तथा स्वस्थ रखने का सर्वश्रेष्ठ साधन 'अन्न की शुद्धि' ही बतलाया गया है। चाणक्य-नीति के अनुसार जो मनुष्य जैसा अन्न खाता है, वैसी ही उसकी बुद्धि बनती है, उसी के अनुसार उसकी संतानें भी पैदा होती हैं। जैसे दीपक अंधकार खाता है, अत:काजल ही उत्पन्न करता है अर्थात् मनुष्य जैसा अन्न खाता है, वैसा ही उसका मन भी हो जाता है।

3. छांदोग्योपनिषद् में बतलाया गया है कि हम जो अन्न सेवन करते हैं, उसके स्थूल भाग से पुरीष (मल) बनता है। मध्यम (रसीय) भाग से मांस का निर्माण होता है और अन्न के सूक्ष्म भाग से 'मन' बनता है।

4. आयुर्वेद महर्षियों ने अन्न को महान औषधि बतलाया है 'अन्न भेषजम्'। आयुर्वेद महर्षि काश्यप के अनुसार आहार (अन्न)के समान कोई दूसरी औषधि नहीं है।

5. कहावत के अंतिम हिस्से के अनुसार व्यक्ति जैसा पानी पीता है, उसकी वाणी भी वैसी ही (पानी के अनुरूप) हो जाती है। प्रत्येक जलाशय का जल नवीनता एवं मौलिकता लिए होता है। अलग-अलग प्रकार की भूमि से निकलने के कारण पानी का रस, रंग, गंध आदि पूर्णतः पृथक्-पृथक् होते हैं।

पानी एक ऐसा द्रव है, जिसमें ऑर्गेनिक तथा इनोर्गेनिक तत्वों की थोड़ी या अधिक मात्रा अपने भीतर विलीन करने की अपरिमित शक्ति होती है। यही वजह है कि प्रत्येक स्थान के जल में, उस स्थान-विशेष के द्रव्य न्यूनाधिक मात्रा में मिले रहते हैं और तदनुसार उसके रूप, रस इत्यादि वाह्य तथा पाचन आदि शरीर के अंदर होने वाले गुणों में अंतर आ जाता है। इस प्रकार अलग-अलग स्थानों पर उपलब्ध भिन्न गुणों वाले पानी का प्रभाव मनुष्य की वाणी पर भी पृथक्-पृथक् होता है। पानी से ही वाणी को ओज-प्राप्ति होती है। यदि पानी गहरा है, तो उसका सेवन करने वाले के स्वभाव में भी धीरता एवं गंभीरता प्रस्फुटित होने लगेगी, ठीक इसके विपरीत उथला पानी व्यक्ति को छिछला, संकीर्ण, तनावग्रस्त बना देता है।

पपीता

जो रोज पपीता खाय,
ता घर वैद्य न आय।

1. पपीता स्वस्थ लोगों के स्वास्थ्य का संरक्षण तो बखूबी करता ही है, रोगी को स्वस्थ बनाने में भी आशातीत सहयोग प्रदान करता है। इसलिए सभी चिकित्सा पद्धतियों में इसकी सराहना की गई है। पपीते में ढेरों औषधीय गुण पाए जाते हैं। पपीता खाने से भोजन के सुचारु रूप से पाचन में मदद मिलती है। इसका कारण यह है कि पपीते में 'पेपीन' नामक एक पदार्थ होता है, यही पदार्थ प्रोटीन के साथ मिलकर भोजन को आसानी से पचने लायक बनाता है।

2. पका हुआ पपीता खाने से पाचन शक्ति बढ़ती है तथा जठराग्नि बढ़ जाती है। इसका नियमित सेवन करते रहने से, शरीर से अनावश्यक चरबी (फैट्स) आश्चर्यजनक ढंग से छंटने लगती है। इसका सेवन करने से पेशाब खुलकर आने में मदद मिलती है। शरीर में उपस्थित सूजन (शोथ) का शमन होता है। यदि मूत्र-मार्ग में घाव हो रहे हों, तो वे भी इसका सेवन करने से भरने लगेंगे 'पपीते' में 'चर्म रोगों' को दूर करने का भी विशिष्ट गुण होता है।

3. ऐसे लोग जो समय पर भूख नहीं लगना, अजीर्ण इत्यादि पाचन-विकारों से पीड़ित रहते हैं, उन्हें नियमित रूप से प्रातःकाल नाश्ते में पपीते का सेवन करना चाहिए। धीरे-धीरे यह समस्त विकार शांत होने लगेंगे। कच्चे पपीते से बनाई गई सब्जी भी उदर विकारों को बखूबी दूर कर देती है।

4. पीलिया से पीड़ित होने पर पपीते का सेवन करने से आशातीत लाभ होता है।

बवासीर (पाइल्स) के रोगियों को भी इसका नियमित सेवन करते रहना चाहिए, इससे कब्ज निवारण होकर पेट मुलायम बनता है।

5. ऐसे युवक-युवतियां जिनके चेहरे पर कील-मुहांसे हों, उन्हें अपने चेहरे पर पपीते का गूदा मलना चाहिए। थोड़ी देर बाद गरम पानी से चेहरा धो लेना चाहिए। ऐसा कुछ दिनो तक करते रहने से चेहरे की त्वचा नरम, सुकोमल तथा निखरने लगेगी। छोटे बच्चों को पपीता खिलाने से उनको दूध सुगमता पूर्वक हजम होने लगेगा। दूध उलटने जैसी शिकायतें दूर होंगी, कब्जियत दूर होगी। पपीते का सेवन जिन बच्चों को कराया जाता है, वे यकृत तथा प्लीहा (तिल्ली) की बीमारियों से सर्वथा मुक्त रहते हैं। पपीता सेवन करने से बच्चों की हड्डियों को मजबूती प्राप्त होती है। तथा वे स्वस्थ और सुंदर बनते हैं।

6. **निषेध :** गर्भवती महिलाओं को पपीते का सेवन करने से बचना चाहिए। तासीर में गरम होने के कारण यह गर्भपात करा सकता है।

एन ऐपल अ डे.....

एन ऐपल अ डे,
कीप्स डॉक्टर अवे।

(एक सेब रोज खाइए, वैद्य-डॉक्टर से छुटकारा पाइए)

यह एक सुप्रसिद्ध अंग्रेजी कहावत है, जिसमें सेब के स्वास्थ्यवर्धक गुणों की प्रशंसा की गई है।

1. यकीनन सेब जैसा गुणकारी फल इस दुनिया में नहीं है। यह तृप्तिदायक हृदय के लिए परम लाभप्रद, मस्तिष्क शक्ति को बढ़ाने वाला, प्रशामक (ट्रेंक्विलाइजर), शरीर में रक्त का संचार करने वाला, दुर्बलता आदि को दूर करने में समर्थ होता है।

2.एक सेब खाते ही हमारे शरीर एवं मन का तनाव दूर होने लगता है तथा हमें असीम मानसिक शांति की अनुभूति होती है। स्मरणीय है कि जिन लोगों को बहुत अधिक गुस्सा आता है, जो लोग बेहद उतावले होते हैं, उन्हें नियमित रूप से सेब का सेवन करना चाहिए।

3. सेब विटामिन 'बी' का खजाना होता है। पौने दो छटांक सेब में 40 यूनिट विटामिन बी उपलब्ध होता है। राजयक्ष्मा (ट्यूबरकुलोसिस) के रोगी को सेब का नियमित सेवन करते रहना चाहिए। बाल–शोष (रिकेट्स) की अवस्था में भी सेब का नित्य प्रतिदिन सेवन करना चाहिए।

4. उच्च बौद्धिक क्षमता सक्रियता तथा स्पर्श, स्वाद आदि इंद्रियों के सुचारु कार्य निष्पादन के लिए 'फासफोरस' की आवश्यकता होती है। फासफोरस का ज्ञानेंद्रियों पर खासा प्रभाव पड़ता है तथा सैंसरी–नर्व और सिम्पैथेटिक नर्व प्रणाली के लिए यह हितकर है। इस कार्य के लिए सेब का उपयोग अभीष्ट है। सेब के सेवन से दिमाग में 'ग्लूटेमिक एसिड' की मात्रा संतुलित रहती है, जिससे हमारे मूड पर सकारात्मक प्रभाव पड़ता है।

सेब में पाए जाने वाले पोषक तत्त्व

कुल ठोस पदार्थ	18.07 प्रतिशत
अम्ल	0.63 प्रतिशत
रिड्यूसिंग शर्करा	10.09 प्रतिशत
नॉन रिड्यूसिंग शर्करा	2.10 प्रतिशत
कषाय–द्रव्य	0.13 प्रतिशत
प्रोटीन	0.38 प्रतिशत
सूत्र	1.60 प्रतिशत
भस्म	0.34 प्रतिशत
कैल्शियम	9.78 मिलिग्राम प्रति सौ ग्राम
फासफोरस	12.02 मिलिग्राम
लौह	1.34 मिलिग्राम
ऐसकॉर्बिक अम्ल	7.52 मिलिग्राम प्रति सौ ग्राम

5. मैस्साचुसेट्स के शोधकर्ताओं ने बताया है कि सेब के नियमित सेवन से हमारी याददाश्त काफी अच्छी रहती है, साथ ही याददाश्त पर उम्र का असर भी नहीं पड़ता। शोधकर्ताओं ने बतलाया है कि सेब में कुछ ऐसे तत्त्व होते हैं, जो मस्तिष्क की कोशिकाओं को उम्र के प्रभाव से बचाए रखते हैं। बढ़ती उम्र में मस्तिष्क के ऊतक क्षतिग्रस्त होने की दिक्कत भी सेब के नियमित सेवन से दूर हो जाती है। बढ़ती उम्र के साथ हमारे मस्तिष्क में ऊतक एवं कोशिकाएं कमजोर होने लगती हैं, जिससे हमारी स्मरण शक्ति भी प्रभावित होती है, लेकिन सेब में पाए जाने वाले विशिष्ट तत्त्व याददाश्त को प्रभावित होने से रोकते हैं।

खाय चना....

खाय चना, रहे बना॥

छोटी सी दिखने वाली मगर गागर में सागर भरने वाली यह कहावत है। इसका अर्थ है कि जो व्यक्ति चना खाता है, उसका स्वास्थ्य बना रहता है।

1. चना घोड़ों के लिए परमप्रिय एवं पौष्टिक आहार माना जाता है। चना खाने से घोड़ा अत्यधिक सुंदर-सुडौल एवं बलिष्ठ बनता है। घोड़ों के लिए चने की जो भूमिका होती है, उससे भी अधिक महत्त्वपूर्ण भूमिका मनुष्य के लिए चने की है। संस्कृत भाषा में चने को चणक, हरिमंथ, वाजिमंथ, कंचुकी, बाल भेषज्य नामों से जाना जाता है। चने के पौधे का वानस्पतिक नाम '**सायसर एरिएटिनम**' है। अंग्रेजी में इसे ग्राम कहा जाता है । प्राय: दो प्रकार के चने बाजारों में सुलभ होते हैं। कुछ काले वर्ण वाले, छोटे-छोटे आकार वाले चने 'काले चने' कहलाते हैं। श्वेत पीत वर्ण वाले तथा आकार में कुछ बड़े 'काबुली चने' कहलाते हैं।

2. काले चने हृदय रोगियों के लिए नितांत लाभदायक होते हैं। इनके नियमित सेवन से कॉलेस्टेरॉल की मात्रा का सहज ही नियमन होने लगता है।

3. विगत दशकों तक हमारे बुजुर्ग चने के समस्त लाभों से लाभान्वित होने के लिए गेहूं, जौ तथा चने के आटे के मिश्रण से बनी रोटियां ही उपयोग में लाते थे, जिसके परिणामस्वरूप वे स्वस्थ जीवन व्यतीत करते थे। चने के आटे से बनी हुई रोटियां स्वादिष्ट होने के साथ-साथ शरीर के लिए चमत्कारिक ढंग से शक्तिप्रद होती हैं।

4. चने के विषय में आयुर्वेदीय ग्रंथ 'भावप्रकाश निघंटु' में कहा गया है कि चना ठंडी प्रकृति वाला होता है। यह रूखा, पित्त, रक्त तथा कफ का शमन करता है। यह लघु, कषाय, वायुकारक तथा ज्वरनाशक होता है। चने में श्रेष्ठ स्वास्थ्य वर्धक, स्फूर्ति एवं पुष्टिप्रद, बलकारक तथा वीर्यशोधक गुण भी पाए जाते हैं।

5. ग्रीष्म काल में राजस्थान जैसे गरम प्रदेश के लोग भुने हुए चनों का नियमित सेवन करते हैं। भुने हुए चनों में शक्ति प्रदान करने वाले तत्त्व विद्यमान होते हैं। आयुर्वेद के अनुसार भुने हुए चनों का सेवन करने से जुकाम मिटता है। आयुर्वेदीय ग्रंथ, 'वनौषधि चंद्रोदय' के अनुसार भुने हुए चनों में वीर्य को बढ़ाने के गुण उपस्थित होते हैं, साथ ही इनके सेवन से ओज भी बढ़ता है। रात को सोते समय थोड़े से भुने हुए चने खाकर, ऊपर से गरम दूध पीने से श्वास नली में इकट्ठा हुआ कफ आसानी से निकल जाता है। तीस-चालीस ग्राम भुने हुए चने खाकर ऊपर से थोड़ा गुड़ खाने से बार-बार पेशाब लगने की शिकायतों से मुक्ति मिलती है। वृद्धजनों को कुछ दिनों तक यह प्रयोग अवश्य करते रहना चाहिए। यदि चने चबाने में कोई असुविधा हो, तो चनों को पीसकर सेवन किया जा सकता है। अकेले भुने हुए चनों का नियमित सेवन करते रहने से शरीर की दुर्बलता दूर होती है। नियमित रूप से एक मुट्ठी भर भुने हुए चने, खूब चबा-चबाकर सेवन करते रहने से हृदयाघात (हार्ट-अटैक) से बचाव होता है। डायबिटीज (मधुमेह) के रोगियों को भी इससे लाभ मिलता है।

6. आहार विशेषज्ञों के अनुसार, भुने हुए चनों का सेवन करने से ऐलोपैथिक दवाओं के सेवन से पैदा हुए विविध दुष्प्रभावों से सहज ही शरीर को मुक्ति मिल जाती है। प्रसंगवश उल्लेखनीय है कि भुने हुए चनों में कार्बोहाइड्रेट की परिणति 'पायरुव्हेट' पैदा हो जाती है, जिसके प्रभाव से शरीर में ग्लूकोज एवं कॉलेस्ट्रॉल इकट्ठा नहीं हो पाता है। भुने चने हृदय को असीम शक्ति प्रदान करते हैं, इनसे रक्तचाप (ब्लड प्रेशर) नियंत्रित होता है, हृदय की धमनियों में कॉलेस्ट्रॉल नहीं जम पाता है। आयुर्वेद विशेषज्ञों की यह प्रबल मान्यता है कि उच्च-रक्तचाप (हाइपर टेंशन) से पीड़ितों को बराबर मात्रा में गेहूं और काला चना मिलाकर चोकर सहित पिसे हुए आटे की रोटी का नित्य सेवन करना चाहिए। दवा की जरूरत ही नहीं रहेगी।

7. चने के पौधे का कोई भी ऐसा हिस्सा नहीं है, जो अनुपयोगी रहता हो। चने के सुकोमल नवपल्लव जिसे लोक-भाषा में 'चने का साग' कहा जाता है, उन्हें हींग, मिर्च एवं नमक मिश्रित मसाले के साथ खाने का आनंद भला कोई कैसे भुला सकता है? चने के खट्टे पत्ते आंतों को सिकोड़ने वाले, पित्त-शामक तथा दांतों की सूजन को दूर करने वाले होते हैं। चने के कच्चे फल बेहद स्वादिष्ट एवं रुचिकर होते हैं। इन्हें आग में भूनकर भी खाया जाता है। इनका सेवन करने से महिलाओं में दूध की मात्रा बढ़ती है। विविध रक्त संबंधी विकारों की ये अमोघ औषधि माने गए हैं।

8. अंकुरित चने सुपाच्य एवं परम पौष्टिक होते हैं। आहार विशेषज्ञों के अनुसार अंकुरित चनों में विटामिन ए,बी,सी,डी,ई, आयरन, फासफोरस, जिंक,

पोटेशियम, मैगनीशियम पर्याप्त मात्रा में प्राप्त होते हैं। इनमें बड़ी मात्रा में 'एमिनोएसिड' भी पाए जाते हैं। इस प्रकार अंकुरित चनों को यदि 'अमृत अन्न' कह दिया जाए तो कोई अतिशयोक्ति नहीं होगी। अंकुरित चनों का युवावस्था में सेवन करते रहने से वृद्धावस्था देर से आती है और वृद्धावस्था में इनका सेवन करते रहने से शरीरावयव स्वस्थ एवं सुडौल बने रहते हैं। चनों को अंकुरित करने के लिए मिट्टी का बरतन उपयोग में लाया जाना श्रेष्ठ है। रात को मिट्टी के बरतन में पानी डालकर, चने भिगो दें। सवेरे इन चनों को पानी से निकालकर, मोटे सूती कपड़े में बांधकर रखें। चौबीस घंटे के बाद चने अंकुरित हो जाएंगे। अंकुरित चने कच्चे ही सेवनीय हैं। इन पर सेंधा नमक तथा काली-मिर्च बुरककर सेवन करने से अधिक सुपाच्य हो जाते हैं। स्वाद बढ़ाने के लिए अंकुरित चनों को अन्यान्य अंकुरित धान्यों यथा मूंगफली, मूंग, केला, टमाटर, सेब, पपीता, गाजर, ककड़ी, खजूर, शहद, दही, प्याज इत्यादि के साथ भी खाया जा सकता है।

मांस, घी, दूध

मांस खाय, मांस बढ़े, घी खाय खोपड़ी।
दूध पिए शक्ति बढ़े, भुलादे सब हेकड़ी॥

इस कहावत के अनुसार मांस खाने से शरीर में मांस बढ़ता है। घी का सेवन करने से खोपड़ी (मस्तिष्क) बढ़ती है। दूध पीने से शरीर में इतनी शक्ति बढ़ जाती है कि दूध पीने वाला व्यक्ति सबकी हेकड़ी भुला देता है।

1. मांस खाने से मांस बढ़ने की बात आयुर्वेद के एक अति महत्त्वपूर्ण सिद्धांत 'सामान्य-विशेष-सिद्धांत' पर आधारित है। इस सिद्धांत के अनुसार समान गुण वाले द्रव्यों (औषधियों) के सेवन से शरीर की समान गुण वाली धातुओं की वृद्धि हो जाती है। यहां पर हम यह कह सकते हैं कि मांस का भक्षण करने से हमारे शरीर के समस्त धातु बढ़ते हैं, परंतु तुलनात्मक रूप में मांस धातु सबसे अधिक बढ़ती हैं। इसलिए शरीर की पुष्टि के लिए मांस से बढ़कर अन्य कोई द्रव्य नहीं बताया गया है। काश्यप संहिता में भी मांस को परम यौन-शक्तिवर्धक तथा शरीर के लिए परम बलकारी कहा है। वृद्ध चाणक्य ने भी मांस से मांस बढ़ने की बात कही है।

2. घी खाने से खोपड़ी बढ़ती है। 'खोपड़ी' से अभिप्राय है, मस्तिष्क। घी का नियमित सेवन करने से मस्तिष्क को शक्ति प्राप्त होती है। सुप्रसिद्ध आयुर्वेदीय ग्रंथ 'भावप्रकाश' में घी के बुद्धि एवं स्मरण-शक्ति तथा मेधा बढ़ाने वाले गुणों का निर्देश किया गया है। यहां पर घी से अभिप्राय शुद्ध देशी घी से ही है। वनस्पति या अन्यान्य कृत्रिम मिश्रणों से नहीं।

3. दूध पिए शक्ति बढ़े...

- यहां पर दूध की महिमा गाई गई है। यह तो हम सब भलीभांति जानते ही हैं कि दूध पीने से शक्ति बढ़ती है। भारतीय धर्म-शास्त्रों तथा आयुर्वेद में गाय के दूध की महिमा विशेष रूप से गाई गई है। धर्म-शास्त्रों में कहा गया है कि इस पृथ्वी पर यदि गाय का दूध नहीं है, तो ब्रह्मा की प्रजा का ठीक ढंग से संवर्धन नहीं हो सकता है।
- 'चाणक्य-शतक' में ताजा मांस, ताजा भोजन, बाला-स्त्री, दूधयुक्त आहार, घी तथा गरम पानी से स्नान से तत्काल शक्ति एवं स्फूर्ति प्राप्त होती है।
- वृद्ध चाणक्य के अनुसार शाकों का सेवन करने से रोग, दूध से शरीर, घी से वीर्य तथा मांस से मांस बढ़ता है।
- भाव प्रकाश निघंटु के अनुसार दूध मधुर, रसीय, स्निग्ध, वायु और पित्त का हरण करने वाला, तत्काल वीर्यवर्धक, नित्य सेवन करने से परम लाभप्रद, जीवन देने वाला, शरीर को पुष्ट बनाने वाला, बलकारी, मेधा शक्ति को बढ़ाने वाला, परम यौन शक्तिवर्धक, उम्र को रोकने वाला, आयु को बढ़ाने वाला, संधियों को मजबूती देने वाला, बुढ़ापे तथा बीमारियों को रोकने वाला है।
- 'योग रत्नाकर' में कहा गया है कि जिस व्यक्ति को खूब भूख लगती है, जो दुर्बल हो, बालक अथवा वृद्ध हो, जिसे संभोग (सेक्स) में प्रेम हो, उसके लिए दूध परम हितकर तथा तत्काल शुक्र (वीर्य) को उत्पन्न करता है।
- दूध के शक्ति प्रदान करने वाले गुणों का बखान करती हुई एक अन्य कहावत पाठकों की सेवा में प्रस्तुत की जा रही है—

  धातुवर्धक, बल-कारक, जो प्रिय पूछो मोय।
  दूध समान त्रिलोक में, और न औषध कोय॥
- वृद्ध-चाणक्य ने यह भी लिखा है कि चावल से कई गुना गेहूं आदि का आटा पुष्टिकर होता है, आटे से कई गुना दूध पुष्टिकर होता है, दूध से कई गुना मांस शक्तिप्रद होता है और मांस से कई गुना 'घी' शक्तिप्रद होता है।

अन्न पुराना, घी नया

अन्न पुराना, घी नया
घर कुलवन्ती नार।
चौथे पीठ तुरंग की,
स्वर्ग निसानी चार।

इस कहावत में स्वर्ग के चार लक्षण बतलाए गए हैं, तदनुसार जिस घर में पुराना अन्न सेवन किया जाता हो, नए-घी का उपयोग होता हो, घर में सुशील खानदानी नारी हो, आने-जाने के लिए घोड़ा (तुरंग) हो, वह घर साक्षात् स्वर्ग ही है।

1. आयुर्वेद का कहना है कि हमें कम से कम एक वर्ष पुराना अन्न ही सेवन करना चाहिए। नया अन्न गरिष्ठ होता है तथा उदर में वायु का प्रकोप करता है। एक वर्ष तक रखा रहने के बाद, सेवन करने पर यह हल्का एवं सुपाच्य हो जाता है, इसलिए पुराने धान्य की प्रशंसा की जाती है। महर्षि चरक के अनुसार नया धान्य अभिष्यन्दि होता है। अभिष्यन्दि से अभिप्राय है—जो अपनी पिच्छिलता (चिकनेपन) तथा गुरुता (भारीपन) के कारण शरीर गत रसवाही स्रोतों को अवरुद्ध कर देता है, फलस्वरूप विकारों की उत्पत्ति होती है।

2. संस्कृत वाङ्मय में भी पुराने अन्न की महिमा का गायन किया गया है, तदनुसार नवीन वस्त्र, नवीन छत्र, नवोढा स्त्री, नवीन घर — ये सब तो नए होने चाहिए, किन्तु सेवक और अन्न तो पुराने ही ठीक होते हैं।

3. आयुर्वेदज्ञों द्वारा सदियों से विश्लेषित हो चुकी यह जानकारी भले ही आज हमारे गले नहीं उतर पा रही हो। यह भी एक कटु सत्य है कि तथाकथित कीटनाशकों तथा रासायनिक खाद इत्यादि से पैदा हो रहे खाद्यानों की गुणवत्ता में अत्यधिक गिरावट आई है। जिसका सीधा प्रभाव हमारे स्वास्थ्य पर पड़ रहा है। हमारी रोग-प्रतिरोध क्षमता (इम्यूनिटी) में दिन-प्रतिदिन गिरावट आ रही है। हम अनूर्जता-जन्य (एलर्जी) जैसे रोगों के भीषण चंगुल में फंसे हुए हैं। कुछ लोग ऐसा भी कहते हैं कि आज की भागदौड़ वाले इस युग में 'पुराने अन्न' की परिकल्पना व्यर्थ एवं कष्ट साध्य है, तथापि हमारी भलाई इसी में निहित है कि हम इन समस्त शास्त्र सम्मत निर्देशों का यथा संभव अनुपालन करें।

4. भोजन, तर्पण, परिश्रम, बलहीनता, पांडु, कामला तथा विविध नेत्र रोगों पर नवीन घी अमृत जैसा ही लाभ देता है। संस्कृत साहित्य में भी तत्काल स्फूर्ति दायक छह चीजों में 'ताजा घी' की गणना सर्वप्रथम की गई है, तदनुसार ताजा बनाया हुआ घी, अंगूर या किशमिश, बाला स्त्री, दूध से निर्मित खाद्य पदार्थ, गरम पानी से स्नान, वृक्ष की छाया की गणना हुई है।

5. यद्यपि नए घी की इस कहावत में प्रशंसा की गई है, तथापि पाठकों की जानकारी हेतु यह बता देना भी उपयुक्त रहेगा कि अन्न की ही भांति एक वर्ष से अधिक रखा हुआ घी 'पुराण-घृत' कहलाता है। आयुर्वेद के अनुसार पुराना घी त्रिदोष नाशक, मूर्च्छा, कुष्ठ, विष, उन्माद, मिर्गी (अपस्मार) एवं तिमिर (मोतियाबिंद) को दूर करने में समर्थ होता है। तथापि दैनिक उपयोग के लिए तो नया घी ही प्रशस्त है।

मूली

भोरे मूरी ज़री बराबर,
दोपहर मूरी भूरी।
सांझ कू मूरी ज़हर बराबर,
तू क्यों मूरख तोरी ?

भोर (प्रात:काल निराहार) में मूली का सेवन जड़ी (जरी) के समान स्वास्थ्य रक्षक बताया गया है। दोपहर में मूली का सेवन श्रेष्ठ (भूरी) बतलाया गया है। सायंकाल मूली जहर के समान हानिप्रद बतलाई गई है। इसलिए शाम को मूली तोड़ने या उखाड़ने वाला व्यक्ति मूर्ख से कम नहीं बताया गया।

1. आयुर्वेद के अनुसार मूली में ढेरों औषधीय गुण पाए जाते हैं। मूली की तासीर गरम मानी गई है। इसका सेवन करने से भोजन के प्रति रुचि बढ़ती है तथा पाचक अग्नि प्रदीप्त होती है। कफ एवं वायु को शांत करने के साथ-साथ यह पेट के कीड़ों का भी नाश करती है। भूख नहीं लगना, पुराना कब्ज, बवासीर (पाइल्स), अफारा, कष्ट से मासिक धर्म आना, पेशाब का कठिनाई से उतरना, पथरी, दमा, हिचकी, सूजन (शोथ), इत्यादि विकारों की भी मूली उत्तम औषधि है। हकीमों के अनुसार भी मूली बवासीर तथा मूत्र संबंधी रोगों की अव्यर्थ औषधि है। कच्ची मूली खाने से बवासीर (पाइल्स) से गिरने वाला खून बंद हो जाता है। मूली का ताजा रस, एक कप की मात्रा में पिला देने से पेशाब में होने वाली जलन तथा वेदना दूर हो जाती है। गुरदों की खराबी के कारण यदि मूत्र बनना बंद हो जाय, तो प्रात:काल नियमित रूप से मूली का रस पीने से वह पुन: बनने लगता है।

2. दोपहर के भोजन के साथ कच्ची मूली को मिस्री के साथ सेवन करने से या पत्तों के रस में मिस्री मिलाकर सेवन करने से अम्ल-पित्त रोग (एसिडिटी) में आराम मिलता है।

3. जो लोग हमेशा कब्ज से पीड़ित रहते हैं, उनको कुछ दिनों तक नियमित मूली की सब्जी का सेवन करने से काफी लाभ होता है।

4. वायु-गोला, दमा, खांसी, विविध नेत्र रोगों, नाभिशूल, कंठ रोगों, दाद, पुराना जुकाम तथा व्रण से पीड़ितों के लिए तो मूली साक्षात् वरदान है। इन रोगों से पीड़ितों को मूली का नियमित सेवन करना चाहिए। परांठे, रायता, भुजिया इत्यादि विविध रूपों में मूली का सेवन किया जा सकता है।

5. अर्वाचीन अनुसंधानों के अनुसार मूली में प्रोटीन, कैल्शियम, लौह तत्त्व प्रचुरता में मिलते हैं। विटामिन 'ए' का तो मानो यह खजाना है। कुछ अंशों में इसमें विटामिन 'बी' तथा 'सी' भी पाए जाते हैं।

6. आयुर्वेद में पकी हुई मूली का सेवन भी वर्जित किया गया है। क्योंकि यह वायु-पित्त एवं कफ नामक तीनों दोषों को प्रकुपित करती है। सूखी हुई मूली हल्की तथा कफ, वात एवं विषों का नाश करने वाली मानी गई है।

कॉफी के गुण-दोष

कफ काटण, वायु हरण, धातुहीन बलक्षीण।
लोहु को पानी करै, दो गुण, अवगुण तीन।

'**आरोग्य की कुंजी**' नामक पुस्तक में राष्ट्रपिता महात्मा गांधी ने इस कहावत का उल्लेख किया है। यह कहावत 'कॉफी' के संदर्भ में है। महात्मा गांधी चाय-कॉफी के अंधाधुंध प्रयोग को अनुपयोगी मानते थे। इस कहावत के अनुसार कॉफी में दो गुण पाए जाते हैं और तीन अवगुण पाए जाते हैं।

दो गुण इस प्रकार हैं—

1. यह कफ़ को काटती है।
2. वायु का हरण करती है।

दो अवगुण इस प्रकार हैं—

1. इसका सेवन करने वाला उत्तरोत्तर (दिन-प्रतिदिन) धातु-हीन होता चला जाता है।
2. उसकी शक्ति का ह्रास होता जाता है।

आरोग्य की कुंजी में गांधीजी लिखते हैं 'जिसकी पाचन क्रिया नियमित है उसे चाय, कॉफी और कोको की मदद की आवश्यकता नहीं रहती। अपने लंबे अनुभव पर से मैं यह कह सकता हूं कि तंदुरुस्त मनुष्य को सामान्य खुराक से पूरा संतोष मिल जाता है। मैंने इन तीनों चीजों का खूब सेवन किया है। जब मैं ये चीजें लेता था, तब शरीर में कुछ न कुछ बिगाड़ रहा ही करता था। इन चीजों के त्याग से मैंने कुछ भी खोया नहीं है, उल्टा बहुत पाया है। जो स्वाद मुझे चाय इत्यादि में मिलता था, उससे कहीं अधिक स्वाद अब मैं उबली हुई सामान्य सब्जियों के रस में पाता हूं।

चाय-कॉफी पीने वाले बस यूं ही इनके प्याले दर प्याले स्वयं पीते जाते हैं और अपने परिवार वालों को पिलाते रहते हैं, बच्चों को भी नहीं माफ करते हैं। मेहमानों को तो विवश होकर उनका साथ देना ही पड़ता है। चाय-कॉफी पीना शरीर के लिए 'मंद विष' जैसा ही कार्य करता है और जब यही चाय-कॉफी ब्राह्म मुहूर्त में सेवन की जाती है, उस समय 'चाय-कॉफी' शरीर पर ऐसे खतरनाक कुप्रभाव दिखलाती

है, जिनके बारे में 'बेड-टी-प्रेमियों' को उस समय पता चलता है, जब वे स्मृति-दौर्बल्य, आमाशय-व्रण (अल्सर) इत्यादि घातक रोगों की चपेट में आ जाते हैं।

दूध-दही

दूध-दही तो भाजी,
और सब दगाबाजी॥

दूध-दही के बिना कैसा भोजन? भोजन का मतलब ही दूध-दही से है।

1. इस कहावत में दूध-दही की महिमा का बखान किया गया है। संस्कृत वाङ्मय में भी कहा गया है 'बिना दूध-दही के भोजन में क्या रस?' अर्थात् वह तो नीरस ही है।

दूध-दही ही भोजन को सरसता प्रदान करते हैं। पंचतंत्र में भी दूधयुक्त आहार को अमृत की संज्ञा दी गई है। दूध से निर्मित आहार को तत्काल शक्ति एवं स्फूर्ति दायक कहा गया है।

2. इसी प्रकरण में 'मांस, घी, दूध' शीर्षक के अंतर्गत दूध के अनेकानेक गुणों की जानकारी प्रस्तुत की गई है। इसलिए पाठक वहां पर देख सकते हैं।

3. आयुर्वेद में दही को गुरु, स्निग्ध,अभिष्यन्दी,अम्ल विपाक बतलाया गया है। तासीर में दही को गरम कहा गया है। यह बढ़ी हुई वायु का नाश करता है तथा कफ एवं पित्त को बढ़ाता है। जठराग्नि को प्रदीप्त करता है। शरीर को बल प्रदान करता है। शरीर की रस, रक्त, मांस, मेद, अस्थि, मज्जा एवं शुक्रनामक सप्त धातुओं को बढ़ाता है। यौन-शक्ति (सेक्स) में वृद्धि करता है। पेट के अनेक रोगों से मुक्ति दिलाता है। पुराने व बिगड़े हुए जुकाम पर लाभकारी है। सामान्य दुर्बलता को दूर करता है।

- ❑ रात के समय दही का सेवन नहीं करना चाहिए। ऐसा आयुर्वेद में बहुत जोर देकर कहा गया है। रात को दही का सेवन अलक्ष्मी कारक (निर्धनता) तथा कफ आदि दोषों को बढ़ाने वाला माना गया है। आयुर्वेदीय ग्रंथ 'योग-रत्नाकर' के अनुसार यद्यपि रात्रि में दही खाना उचित नहीं है, फिर भी यदि खाना ही पड़े तो इसमें पानी और घी मिलाकर खाएं।
- ❑ भारतीय परिवेश में दही को भोजन में प्रमुख स्थान प्राप्त है। यात्रा आरंभ करते समय दही का दर्शन भी शुभ माना गया है। पूर्वोत्तर के कुछ राज्यों में आज भी दही और चिवड़े की भोजन में अनुपस्थिति को अच्छा नहीं माना जाता है।

- अकेले दही खाना स्वास्थ्य के लिए नितांत हानिप्रद होता है। दही में हमेशा घी, शक्कर, मूंग की दाल, शहद, आंवले का चूर्ण, इत्यादि मिलाकर ही सेवन करना चाहिए। अकेले दही को गरम करके भी नहीं खाना चाहिए। हां, कढ़ी इत्यादि में इसे मिलाया जा सकता है।
- शक्कर के साथ दही मिलाकर सेवन करने से यह बार-बार पानी पी लेने पर भी नहीं बुझने वाली प्यास को बुझाता है। शरीर में होने वाली जलन (दाह) से मुक्ति दिलाता है।
- दही में मूंग की दाल का रस मिलाकर सेवन करने से अनेक रक्त संबंधी विकारों तथा वायु-विकारों से मुक्ति मिलती है।
- दही में शहद मिलाकर खाने से उसका स्वाद बढ़ जाता है तथा उसके समस्त दोष घट जाते हैं।
- आंवले के चूर्ण के साथ दही का सेवन करने से यह शरीर के अनेक दोषों को बाहर निकालता है।
- दही को गरम करके खाने से शरीर के विविध मार्गों से रक्तस्राव (ब्लीडिंग) हो सकती है। इससे शरीर में स्थित पित्त नामक दोष एवं रक्त ये दोनों ही दूषित होने लगते हैं।
- घी के साथ दही का सेवन करने से यह कफ को बढ़ाता है, वायु का नाश करता है। बढ़े हुए पित्त को शांत करता है। आहार का अच्छे ढंग से पाचन करता है।
- ऐसे लोग जिनको दही बेहद पसंद है और जो ऊपर बनाए हुए नियमों का उल्लंघन करते हुए दही का अंधाधुंध सेवन करते हैं, उन्हें बुखार, रक्त-पित्त (शरीर के विविध मार्गों से रक्तस्राव होना), खून का खराब होना, फोड़े-फुंसियां निकलना, शरीर में अनेक स्थानों पर गांठें निकलना जैसी शिकायतें होने लगती हैं। चक्कर आना तथा पीलिया होना भी संभव है।
- सुश्रुत-संहिता के अनुसार दही का सेवन वर्षा, हेमन्त और शिशिर ऋतुओं में करना चाहिए। शेष तीन ऋतुओं ग्रीष्म, शरद और वसंत में इसका सेवन निषिद्ध किया गया है।
- आयुर्वेद की यह भी मान्यता है कि दही मंगल कारक है तथा शरीर में मांस-तत्त्व को बढ़ाता है। आधी जमी हुई दही शरीर के लिए हानिप्रद होती है। आयुर्वेद के अनुसार आधी-जमी दही वायु, पित्त और कफ नामक तीनों दोषों को बढ़ाती है। ताजा जमी हुई दही 'वायु नाशक' होती है। दही की मलाई 'वीर्य' को बढ़ाती है। डायरिया (अतिसार), भोजन की इच्छा नहीं होना

तथा दुर्बलता के रोग में दिन में दही खाना चाहिए। नियमित रूप से दही का सेवन करते रहने से मुख से दुर्गन्ध आने की शिकायत दूर होती है।

4. **दही पर अनुसंधान :** दही के औषधीय गुणों के विषय में इन दिनों पूरी दुनिया भर में परीक्षण चल रहे हैं, जो परिणाम सामने आ रहे हैं, बेहद सकारात्मक एवं चिकित्सा जगत में धूम मचा देने वाले हैं।

- 'यूनिवर्सिटी ऑफ कैलिफोर्निया' के अध्ययन बतलाते हैं कि नियमित रूप से दही का सेवन करते रहने से 'हे-फीवर' के आक्रमणों की तीव्रता में कमी आने लगती है।
- एक अध्ययन के अनुसार नियमित रूप से दही का सेवन करते रहने से हमारे शरीर की रोगों से लड़ने की क्षमता (इम्यूनिटी) बढ़ती है।
- दही में पाए जाने वाले 'लैक्टोबेसीलस-एसिडोफिलस बैक्टीरिया' के कारण कोशिकाओं को 'बैक्टीरिया' से लड़ने की उत्प्रेरणा मिलती है, साथ ही 'एंटी-वायरल एजेंट गामा-इंटरफेरान' के उत्पादन को बढ़ा देने की उत्प्रेरणा भी मिलती है। एक अध्ययन के परिणाम बतलाते हैं कि ऐसे लोग जिन्होंने नियमित रूप से दही का सेवन किया, उनमें उन लोगों से कॉल्ड एवं फ्लू की शिकायतें लगभग 25 प्रतिशत कम हो गईं, जिन्होंने यदा-कदा ही दही का सेवन किया।
- दही में पाया जाने वाला 'एसिडोफिलस' कॉलन-कैंसर को रोकने में मदद करता है। ऐसे बुजुर्ग स्त्री एवं पुरुष जो 'एट्रोफिक-गैस्ट्राइटिस' से पीड़ित होते हैं, यदि दही का दैनिक उपयोग करते हैं, तो पेट के उन एंजाइमों पर रोक लगती है, जो कॉलन-कैंसर की संभावनाओं को बढ़ाते हैं।
- एक कप दही में करोड़ों बैक्टीरिया उपस्थित होते हैं। इन्हीं के कारण दही में गैस्ट्रो-इंटेस्टाइनल-डिस्ऑर्डर्स, डायरिया, कब्ज, इरिटेबल बाउल सिंड्रोम तथा फूड-प्वायजनिंग जैसे कष्टसाध्य रोगों को दूर कर देने की विलक्षण क्षमता पाई जाती है।
- दही स्वादिष्ट ही नहीं होता, अपितु सुपाच्य भी होता है। एक कप दही से हमारे शरीर में कैल्शियम की भरपूर आपूर्ति हो जाती है। इसके अलावा यह प्रोटीन, जिंक, राइबोफ्लेविन तथा विटामिन बी-12 का भी अच्छा स्रोत है।
- नियमित रूप से एक कप दही का सेवन करने से 'लैक्टो-एसिडोफिल्स' नामक बैक्टीरिया जो दही में पाया जाता है, उसकी बदौलत योनि में होने वाले 'यीस्ट इन्फैशन' पर रोक लगती है। एक अध्ययन के अनुसार जिन महिलाओं

व युवतियों ने एक कप दही का छह महीनों तक नियमित सेवन किया, उनमें यीस्ट संक्रमणों की संभावना तीन गुना कम हो गई। खास बात यह है कि दही में पाया जाने वाला 'लेक्टो-एसिडोफिलस' एक ऐसा परिवेश पैदा करता है, जो यीस्ट को बढ़ने से रोकता है, साथ ही 'हाइड्रोजन-पर-ऑक्साइड' भी पैदा करता है, जो अन्यान्य 'माइक्रो ओर्गेनिज्म' की वृद्धि पर रोक लगाता है।

- हमारी आंतों में लाभदायक बैक्टीरिया भी रहते हैं। उल्लेखनीय है कि ये रोगों को पैदा करने वाले बैक्टीरिया से लड़ाई करते हैं। जब भी हम कोई एंटीबायोटिक औषधि सेवन करते हैं, तो इससे आंतों में हानिप्रद बैक्टीरिया के साथ-साथ लाभप्रद बैक्टीरिया भी नष्ट हो जाते हैं। इसलिए एंटीबायोटिक के साथ-साथ नियमित रूप से थोड़े बहुत दही का सेवन करते रहना चाहिए, ताकि लाभदायक बैक्टीरिया पुनः पैदा हो सकें और एंटीबायोटिक से पैदा होने वाली डायरिया पर रोक लग सके।

मक्खन-मिस्री

माखन-मिसरी भोग,
दूर भगेगा रोग।

मक्खन और मिस्री मिलाकर नियमित सेवन करते रहने से रोग दूर भागने लगते हैं

1. आयुर्वेद में गाय, भैंस, बकरी इत्यादि के मक्खन के अलग-अलग गुण बतलाए गए हैं।

- **गाय**—ठंडा, वीर्य को बढ़ाने वाला, बल एवं अग्नि को बढ़ाने वाला, वायु, पित्त, बवासीर (पाइल्स), क्षय, चेहरे का लकवा (फेशियल पैरालाइसिस) तथा खांसी को दूर करता है। बच्चों के लिए तो साक्षात अमृत जैसा ही है।
- **भैंस का मक्खन**—वायु-कफ को बढ़ाने वाला, भारी, जलन, पित्त एवं थकान को दूर करने वाला, मेद बढ़ने वाला तथा वीर्य को बढ़ाने वाला होता है।
- **बकरी का मक्खन**—तीनों दोषों (वात-पित्त और कफ) का नाश कर देने वाला तथा सर्वश्रेष्ठ है।
- **दूध का मक्खन**—अत्यन्त चिकना, नेत्रों के लिए हितकर, रक्तपित्त (रक्तस्रावी विकार) को दूर करने वाला, वीर्य बढ़ाने वाला, शक्ति देने वाला, दस्त बांधने वाला, मीठा एवं परम शीतल कहा गया है।

- **ताजा मक्खन**—मीठा, दस्त को बांधने वाला, शीतल, हलका, मेधावर्धक, थोड़ा कसैला तथा खट्टा बताया गया है।

2. आयुर्वेद के अनुसार मिस्री (सिता) अत्यन्त निर्मल, ठंडी एवं यौन शक्ति को बढ़ाती है। यह स्वादिष्ट होती है। वायु, पित्त एवं रक्त संबंधी विकारों को दूर करती है तथा दाह (शरीर की जलन) को दूर करती है। मूर्च्छा, उलटी, ज्वर इत्यादि रोगों को दूर करती है।

3. ब्रह्मचर्य

ऊपर खावै नीचै झरै।
वाको गुरु गोरखनाथ कांइ करै।

इस कहावत में ब्रह्मचर्य की महिमा प्रदर्शित की गई है। ब्रह्मचर्य की महिमा-मंडन हेतु गुरु गोरखनाथ का संदर्भ दिया गया है। जो व्यक्ति मुख से खाता रहता है और शिश्नेन्द्रिय से वीर्य क्षय करता रहता है, वह गुरु गोरखनाथ के किस काम का? गुरु गोरखनाथ के शिष्यत्व हेतु तो ब्रह्मचर्य पालन पहली शर्त है।

1. भारतीय वाङ्मय में ब्रह्मचर्य का महत्व बखूबी पहचाना गया है। चरक संहिता में तीन उपस्तम्भों में ब्रह्मचर्य का भी परिगणन किया गया है।
2. 'हठयोग-प्रदीपिका' के अनुसार मनुष्यों का वीर्य 'मन' के अधीन होता है और मनुष्यों का जीवन शुक्र (वीर्य) के अधीन होता है, इसलिए प्रयत्न पूर्वक शुक्र और मन इन दोनों की रक्षा करनी चाहिए। शुक्र के स्खलन से मृत्यु और शरीर में उसके धारण से जीवन होता है। अत: जब तक शरीर में वीर्य है, तब तक मृत्यु का डर कहां?
3. ब्रह्मचर्य के तप से ही देवताओं ने मृत्यु का नाश किया। इन्द्र ने भी बह्मचर्य से ही देवताओं में श्रेष्ठत्व प्राप्त किया। ब्रह्मचर्य से दीर्घायुष्य (दीर्घ-जीवन), तेज, बल, वीर्य, प्रज्ञा, लक्ष्मी, महान-यश, पुण्य और प्रीति की प्राप्ति होती है। जिसको लोग तप समझते हैं, वह वास्तव में तप नहीं। वास्तविक तप तो ब्रह्मचर्य ही है और जो ऊर्ध्वरेता (जिनका वीर्य ऊर्ध्वगति हो गया हो) है, वह मनुष्य नहीं देवता है।
4. गुरु गोरखनाथ जी के द्वारा ही कही गई एक अन्य कहावत भी अवलोकनीय है—

   'कंत गयां कूं कामिनी झूरै, बिन्दु गयां कूं जोगी।

   अर्थात् पति के वियोग में कामिनी तड़पती है और वीर्य पतन से योगी पश्चाताप करता है।'

4. लोक कहावतों में आहार ग्रहण करने की विधियां

भोजन कितनी बार?

एक बार खाय योगी,
दो बार खाय भोगी,
तीन बार खाय रोगी।

अर्थ स्पष्ट ही है: योगी लोग एक ही बार आहार ग्रहण करते हैं, भोगी लोग दो बार भोजन करते हैं और तीन बार खाने वाले तो रोगी होते ही हैं।

1. आयुर्वेद में भी यही बात बतलाई गई है कि—

- दिन में एक बार भोजन करने से आरोग्य प्राप्त होता है।
- दिन में दो बार भोजन करने से बल प्राप्त होता है।
- दिन में तीन बार भोजन करने से रोगों की प्राप्ति होती है।
- दिन में चार बार भोजन करने से मृत्यु होती है।

2. योगियों को साधना हेतु उत्तम स्वास्थ्य की नितांत आवश्यकता रहती है, इसलिए वे एक ही बार आहार ग्रहण करते हैं। चूंकि सांसारिक भोगों में फंसे हुए लोगों को 'बल' की जरूरत होती है, और दो बार भोजन करने से बल प्राप्त होता है, इसलिए वे लोग दो बार भोजन करते हैं और उन्हें करना भी चाहिए।

भोजन और पानी का नियम

पहले पीवै जोगी,
बीच में पीवै भोगी,
पीछे पीवै रोगी।

यह कहावत भोजन के साथ पानी सेवन करने, नहीं करने के विषय में स्पष्ट जानकारी दे रही है। इसके अनुसार भोजन के पहले पानी पीने वाला व्यक्ति योगी (जोगी) के समान है। भोजन के मध्य में पानी पीने वाला व्यक्ति भोगी की श्रेणी में आता है तथा जो व्यक्ति भोजन के अंत में पानी पीता है, वह शीघ्र ही रोगी बन जाता है।

1. इस कहावत में जो निर्देश बताए गए हैं, उनके पीछे क्या कारण छिपे हुए हैं, इस सवाल का जवाब आयुर्वेद में बखूबी दिया गया है। आयुर्वेद कहता है —

- ❑ भोजन करते समय पहले पानी पी लेने से शरीर में दुर्बलता पैदा होती है।
- ❑ भोजन करते समय बीच में पानी पीने से शरीर में समता (संतुलन) पैदा होती है।
- ❑ भोजन के अंत में पानी पीने से शरीर में स्थूलता (मोटापा) पैदा होती है।

2. इस कहावत में 'पहले' से अभिप्राय है—भोजन से लगभग एक घंटा पहले पानी पी लेना स्वास्थ्य के लिए लाभप्रद सिद्ध होता है। क्योंकि इतने समय पूर्व पानी पी लेने से भोजन करते समय ज्यादा पानी पीने की आवश्यकता ही नहीं रह जाती है। मगर भोजन के तत्काल पहले पानी पीना निषिद्ध किया गया है।

3. इसी संदर्भ में वृद्ध चाणक्य लिखते हैं कि अजीर्ण (अपच) की अवस्था में पानी सेवन करना 'औषधि' जैसा ही कार्य करता है, इसीलिए अजीर्ण की अवस्थाओं में भोजन नहीं करके, केवल पानी ग्रहण करना चाहिए। भोजन के तीन घंटे बाद (भोजन पच जाने पर) सेवन किया गया जल बल दायक होता है। क्योंकि उस समय पानी पीने से, वह पाचन क्रिया में किसी प्रकार की बाधा नहीं पैदा करता है।

4. भोजन के बीच-बीच में घूंट-घूंट करके सेवन किया गया जल चूंकि भोजन के प्रति रुचि बढ़ाने का कार्य करता है, इसीलिए अमृत के समान बताया गया है।

5. भोजन के तत्काल बाद सेवन किया गया जल पाचक रसों को पतला करते हुए भोजन को शीघ्रता पूर्व आगे बढ़ा देता है, जिससे उसका समुचित रूप से पाचन नहीं हो पाता है।

कितनी हो आहार मात्रा?

आंखे हर्रा, दांते लूणा,
भूखा राखै चौथा कोणा।
ताता खाए, बायां सोए,
उसका रोग घर-घर रोए।

- आंखे हर्रा—यह नेत्रों की रक्षा हेतु प्रयोग है। बड़ी हरड़ को शहद में घिसकर आंखों में अंजन करने से नेत्र स्वस्थ सबल बने रहते हैं।
- दांते लूणा—सेंधा नमक सरसों के तेल में मिलाकर दातुन के बाद, दांत और मसूढ़ों पर धीमे-धीमे मलने से दांतों का स्वास्थ्य अक्षुण्ण बना रहता है।
- भूखा राखै चौथा कोणा— पेट का चौथाई हिस्सा खाली रखना चाहिए।
- ताता खाए— ताता अर्थात् गरम भोजन ग्रहण करना चाहिए।
- बायां सोए— बाईं करवट सोना चाहिए।

1. प्रसंगवश यह बिन्दु विचारणीय है कि बड़ी हरड़ का अंजन नेत्रों के लिए किस प्रकार लाभप्रद होता होगा ? आयुर्वेद इस प्रश्न का जवाब देता है। महर्षि सुश्रुत एवं आचार्य भावमिश्र ने हरड़ को 'चक्षुष्या' (नेत्रों के लिए परम हितकर) कहा है। नेत्रों में सूजन, दर्द होने की दशा में भी हरड़ को शहद में घिसकर पलकों पर लेप करने का संदर्भ भी मिलता है।

2. दांतों पर लगाने हेतु दो ग्राम नमक हथेली पर लें, उसमें 10-15 बूंदें सरसों के तेल की मिलाकर, इस मिश्रण से तर्जनी अंगुली का सहयोग लेते हुए धीरे-धीरे दांतों एवं मसूढ़ों की मालिश करें। इस प्रक्रिया में मसूढ़ों से खून भी निकल सकता है, उसे निकलने देना चाहिए। इस प्रयोग से दांत चमकने लगते हैं, दांतों की जड़ें मजबूत बनती हैं, मसूढ़ों की सूजन दूर होती है, मसूढ़ों से खून निकलना बंद हो जाता है, दांतों में टार्टर नहीं जम पाता है, हिलते हुए दांत भी फिर से जम जाते हैं। इस साधारण से दिखने वाले प्रयोग से एक अन्य सबसे बड़ा लाभ यह है कि इसके नियमित अभ्यास से दांतों में गरम-ठंडा लगने तथा खट्टा लगने जैसी शिकायतें दूर हो जाती हैं।

एक अन्य कहावत में भी बताया गया है—

नमक महीन लीजिए, अरु सरसों का तेल।
नित्य मले रीसन मिटे, छूट जाय सब मैल॥

3. 'भूखा राखै चौथा कोणा' आहार की मात्रा के संदर्भ में ये चार शब्द 'गागर में सागर' जैसे ही प्रतीत होते हैं। धर्म-शास्त्रों, योग, वाङ्मय तथा आयुर्वेद में पेट का चौथा हिस्सा खाली रखने का निर्देश किया गया है। 'चौथा कोणा' से यहां पर अभिप्राय है—'चौथा भाग'। इसी विषय को 'विष्णु पुराण' में बहुत ही सुंदर ढंग से उजागर किया गया है, तदनुसार ठोस अन्न से पेट का आधा हिस्सा भरना चाहिए तथा जल या पेय पदार्थों से पेट का शेष चौथाई हिस्सा भरना चाहिए। शेष चौथाई भाग वायु इत्यादि के सुख पूर्वक संचार के लिए खाली रखना चाहिए।

4. स्मरणीय तथ्य यह है कि पेट में जब पाचन की प्रक्रिया आरंभ होती है तो विविध गैसों की उत्पत्ति होती है। अब यदि पेट को आहार द्रव्यों से ही खचाखच भर दिया जाता है, तो उत्पन्न हुई गैस से पेट में तनाव पैदा होता है और यह सारा गैस-जनित दबाव हृदय पर भी पड़ता है, फलस्वरूप हृदय के कार्य में भी अवरोध पैदा होने लगता है।

5. भोजन के उपरांत जब, पाचन क्रिया आरंभ होती है, तो पाचक रसों का मिश्रण उस भोजन के साथ मिलता है। पेट में उपस्थित वायु अपनी गति अथवा क्रियाशीलता से आहार द्रव्यों तथा पाचक रसों को भली-भांति मिला देती है। जब पेट पूरी तरह से भरा होता है, तो 'वायु' की स्वाभाविक गति में अवरोध पैदा हो जाता है, फल स्वरूप पाचक रसों और भोजन का मिश्रण ठीक प्रकार से नहीं होकर 'पाचन' सुचारु रूप से नहीं हो पाता है, ठीक इसके विपरीत पेट को कुछ खाली रखने से उक्त प्रक्रिया सुचारु रूप से संपन्न होकर पाचन ठीक प्रकार से हो जाता है।

6. हठयोग प्रदीपिका में भी इसी बात को प्रतिपादित किया गया है कि जीव तथा शिव (आत्मा) की तृप्ति के लिए, उदर का चौथाई भाग खाली (रिक्त) छोड़कर, मधुर, स्निग्ध जो आहार सेवन किया जाता है, उसे 'मिताहार' कहते हैं।

7. आयुर्वेद महर्षि वाग्भट, काश्यप तथा घेरंड-संहिता का भी यही मत है।

8. ताता खाए—गरम भोजन का महत्त्व इस कहावत में बताया गया है। ठंडा भोजन स्वास्थ्य पर अनुकूल प्रभाव नहीं डालता है। गरम भोजन करने से वह स्वादिष्ट लगता है, ऐसे भोजन के प्रति व्यक्ति की रुचि बढ़ जाती है। किया गया उष्ण भोजन उदर की अग्नि को और भी अधिक बढ़ा देता है। ऊष्ण भोजन का पाचन (जरण) शीघ्र होता है, इससे वायु आसानी से खारिज होने लगती है। ऊष्ण आहार से कफ का नाश होता है, इसलिए ऊष्ण (ताता या गरम) आहार ग्रहण करना चाहिए।

9. वाम शयन का तात्पर्य बाईं करवट सोने से है। इस विषय पर विस्तृत जानकारी दिनचर्या प्रकरण में 'वाम शयन' के अंतर्गत दी जा चुकी है।

10. इसी कहावत के भावों को अपने अंदर समाहित रखने वाली एक अन्य कहावत भी पाठकों की सेवा में प्रस्तुत है—

आंखन त्रिफला, दातुन नौन,
पेट के भरिए तीनों, कोन।
शीत बचाय सदा जो सोवे,
ताको रोग दूर हो रोवे।

अर्थात् आंखों में त्रिफला (हरड़, बहेड़ा एवं आंवले का प्रयोग), दातुन में नमक (नौन) का प्रयोग, पेट के तीनों कोने (हिस्से) भरना, चौथा हिस्सा खाली रखना, शीत से (सर्दी से) खुद को बचाते हुए जो सोता है, उसका रोग उससे दूर खड़ा होकर रोता रहता है अर्थात् वह व्यक्ति स्वस्थ रहता है।

- त्रिफला को आयुर्वेद में आंखों के लिए असीम हितकर (चक्षुष्य) बताया गया है। आंखों के समग्र स्वास्थ्य के लिए बुजुर्गों द्वारा प्रयुक्त होने वाला 'त्रिफला' का एक सहज सुगम प्रयोग यहां पर प्रस्तुत किया जा रहा है— हरड़, बहेड़ा तथा आंवला अलग-अलग सौ-सौ ग्राम की मात्रा में पंसारी से खरीद लें। इन्हें अलग-अलग ही इमामदस्ते में यव-कुट (जौ-कुटा या दरदरा) कूटकर, सबको एक साथ मिलाकर प्लास्टिक के डिब्बे में बंद करके सुरक्षित रखें। रात के समय मिट्टी के एक बरतन में (कुल्हड़ में) उक्त त्रिफला-चूर्ण दस ग्राम की मात्रा में (लगभग दो चाय-चम्मच भर) डाल दें। ऊपर से एक गिलास गरम पानी भी डालें। रात भर त्रिफला को पानी में भीगने दें। प्रात:काल त्रिफला को पानी में अच्छी तरह मथकर कपड़े अथवा छननी से छान लें। छने हुए उस त्रिफला-जल से आंखों पर छींटे मारें। ऐसा नियमित रूप से करने से नेत्र ज्योति बढ़ जाती है।
- ऐसे ही भावों भरी हुई एक अन्य कहावत भी बहुत प्रचलित है—

आंखें तीता, दांते नौन,
पेट भरन को तीनै कोन।
आंखें पानी, कानै तेल,
कहे घाघ बैदेई गेल।

भोजन और स्वर-ज्ञान

दाहिने स्वर भोजन करै, बाएं पीवै नीर,
ऐसा संयम जब करै, सुखी रहै शरीर।
बाएं स्वर भोजन करै, दाहिने पीवै नीर,
दस दिन भूला यों करे, पावे रोग शरीर।

(ब्रह्मलीन बाबा श्री देवरहा जी के अनुसार)

इस कहावत के अनुसार भोजन तभी सेवन करना चाहिए, जब दाहिना स्वर चल रहा हो। जल पीते समय नासिका का बायां स्वर चलना चाहिए। इस प्रकार संयम करने से शरीर सुखी रहता है। इसके विपरीत आचरण करने से काया रोगी बनती है।

1. जीवन की भाग-दौड़ में हम ऐसे पारंपरिक मूल्यों को भूलते जा रहे हैं, जिनका ज्ञान हमारे स्वास्थ्य एवं जीवन को विशिष्ट आयाम देने में समर्थ होता है। ऐसा ही एक महत्त्वपूर्ण विषय है 'स्वर ज्ञान'। मानव प्रतिपल श्वास-प्रश्वास की क्रिया करता रहता है। 'स्वर ज्ञान' के अंतर्गत देखा यह जाता है कि नाक के किस छिद्र से श्वास लिया जा रहा है? सामान्यतया व्यक्ति या तो दाएं नासा-छिद्र से श्वास लेता एवं छोड़ता है या बाएं नासा-छिद्र से श्वास लेता व छोड़ता है।

अनेक बार एक ही साथ दोनों नासा-छिद्रों (दाएं व बाएं) से श्वास प्रक्रिया चलती रहती है।

- जिस समय दाहिने नासा-छिद्र से श्वास-प्रश्वास की प्रक्रिया चलती है, तो उसे योग-शास्त्रों में 'सूर्य स्वर' की संज्ञा दी गई है।
- यही क्रिया जब वाम नासा-छिद्र से संपादित हो रही होती है, तो इसे 'चन्द्र स्वर' कहा जाता है।
- जब दोनों नासा-छिद्रों से श्वास-प्रश्वास चलता है, तो 'सुषुम्ना-स्वर' कहते हैं।
- प्रतीकात्मक रूप से सूर्य स्वर को शिव स्वरूप, चंद्र स्वर को देवी स्वरूप तथा सुषुम्ना स्वर को साक्षात् काल स्वरूप स्वीकारा जाता है।
- दिन में चूंकि वातावरण गरम होता है, इसलिए चंद्र स्वर चलना हितकर माना गया है। दिन में चंद्र स्वर चलते रहने से व्यक्ति का मस्तिष्क शांत, शीतल और तरोताजा बना रहता है, एकाग्रता बनी रहती है, जिससे वह अपने दैनिक क्रिया-कलापों को सुचारु रूप से संपादित कर सकता है।
- स्वस्थ जीवन के अभिलाषी व्यक्ति को रात के समय सूर्य स्वर चलते रहने से विशेष लाभ प्राप्त होते हैं। रातें स्वाभाविक रूप से ही शीतल होती हैं, इसी शीतलता का निवारण 'सूर्य स्वर' से हो जाता है, जिसका स्वास्थ्य पर सकारात्मक प्रभाव पड़ता है।
- उत्तम स्वास्थ्य चाहने वालों को भोजन सदैव 'सूर्य स्वर' में ही ग्रहण करना चाहिए। सूर्य अग्नि का प्रतीक है। जब शरीर में सूर्य स्वर चल रहा होता है, उस समय जठराग्नि भी काफी प्रबल रहती है, इसलिए 'सूर्य स्वर' में ग्रहण किए गए आहार को जठराग्नि जल्दी पचा देती है।
- 'सूर्य स्वर' चलने पर मल त्याग करने से 'टट्टी' एक ही बार में खुलकर आ जाती है और बार-बार मल त्याग करने की हाजत होने जैसी शिकायतें भी दूर हो जाती हैं।

- बायां स्वर (चंद्र), चूंकि स्वभावत: ही जल तत्व की प्रधानता वाला है, इसलिए चाय-कॉफी, पानी, शरबत इत्यादि पेय पदार्थ ऐसे समय पर ही ग्रहण करने चाहिए, जब चंद्र स्वर चल रहा हो। इसी प्रकार 'मूत्र त्याग' की प्रक्रिया में बायां स्वर चलना विशेष लाभ देता है।
- स्वस्थ व्यक्तियों में प्रातःकाल 'चंद्र स्वर' एवं सूर्यास्त के बाद 'सूर्य स्वर' चलता है। यही उत्तम स्वास्थ्य का लक्षण भी है।
- 'शिशु के जन्मोपरांत' एक वर्ष की आयु तक बाएं स्वर में ही मूत्र त्याग करता है और दाहिने स्वर में मल त्याग। प्रकृति का यह अद्भुत संतुलन उसके बाद बिगड़ने लगता है। दांत निकलना शुरू होने पर उसका यह कुदरती स्वर संतुलन बिगड़ जाता है और वह विविध व्याधियों से पीड़ित हो उठता है।
- शीत एवं श्लेष्म जनित, प्रतिश्याय (जुकाम), खांसी, दमा इत्यादि रोगों के उपचार में 'सूर्य स्वर' चलाने के अभ्यास से विशेष लाभ मिलता है।
- गरमी अथवा पित्त जन्य रोगों (नकसीर, सिरदर्द, अम्लपित्त (एसिडिटी) पेशाब में जलन, बुखार इत्यादि रोगों का उपचार चंद्र स्वर के अभ्यास से सुगमता पूर्वक हो जाता है।
- स्वरों के अनुसार दैनिक क्रिया-कलापों का अनवरत अभ्यास करते रहने से उत्तम शारीरिक एवं मानसिक स्वास्थ्य हासिल किया जा सकता है।

2. अपेक्षित स्वर कैसे चलाएं?

यहां पर कुछ सहज-सुगम विधियां अवलोकनीय हैं:

- सर्व प्रथम यह ज्ञात करें कि कौन-सा स्वर चल रहा है? नासा के जिस छिद्र से स्वर चल रहा है, उसी करवट लेट जाने से दस मिनट के बाद विपरीत स्वर चलने लगेगा।
- शुद्ध शहद दो चम्मच भर मात्रा में सेवन कर लेने से भी काफी समय तक 'सूर्य स्वर' चलता रहता है।
- शुद्ध गाय का घी सेवन कर लेने पर काफी समय तक 'चंद्र स्वर' चलता रहता है।

रुको ! मत खाओ

कम खाना और खूब चबाना।
यही है तंदुरुस्ती का खजाना।

कम खाना और खूब चबाकर खाने में ही तंदुरुस्ती का खजाना छिपा हुआ है।

1. उचित मात्रा में सेवन किया गया भोजन परम स्वास्थ्यप्रद होता है। उल्लेखनीय है कि स्वाद के लालच में जो लोग पशु के समान, मात्रा से बहुत अधिक आहार ग्रहण करते हैं, वे विविध रोगों की जड़ 'अजीर्ण' (अपच)नामक रोग की चपेट में आ जाते हैं।

2. विभिन्न विद्वानों के अनुसार कम भोजन से लाभ—

- भोजन के अभाव में संसार में जितने लोग अकाल पीड़ित होकर मरते हैं, उससे कहीं अधिक अत्यधिक मात्रा में भोजन करने के कारण अस्वस्थ होकर मरते हैं।

  —डॉ. बर्नर मेकफेडन

  (सुविख्यात प्राकृतिक चिकित्सक)

- तलवार उतने लोगों को नहीं मारती है, जितने लोग अधिक खाकर मरते हैं।

  —यूनानी कहावत

- लोग जितना खाते हैं, उसका एक तिहाई भी पचा नहीं पाते हैं।

  —प्रख्यात आस्ट्रेलियाई डॉ. हर्न

- सबसे बड़ी मूर्खता है, अधिक भोजन करना।

  —हैरी बैंजामिन

- यदि आप अधिक जीना चाहते हैं, तो अपनी खुराक को घटाकर, उतनी रखें, जिससे पेट को बराबर हलकापन महसूस होता रहे।

  —सर विलियत टैनिज (लांग-लाइफ में)

- महर्षि मनु लिखते हैं— 'अति भोजन करना आरोग्य नाशक, आयु नाशक, स्वर्ग में प्रवेश हेतु प्रतिबंध लगाने वाला, पुण्य हरने वाला, जन-निंदा का कारण होता है, इसलिए उसका परित्याग कर देना चाहिए।
- महाभारत में बतलाया गया है कि उचित मात्रा में आहार ग्रहण करने वाले को छह विशेष लाभ होते हैं—

  1. आरोग्य की प्राप्ति
  2. लंबी उम्र प्राप्ति
  3. बल प्राप्ति
  4. सुख प्राप्ति
  5. संतान निरोगी पैदा होती है।
  6. ऐसे व्यक्ति को लोग भुक्खड़ (पेटू) भी नहीं कहते हैं।

3. खूब चबाना— अंग्रजी में भी एक बहुप्रचलित कहावत है—

'ड्रिंक योर सोलिड्स एंड ईट योर लिक्विड्स'

'Dring your solids and eat your liquids'

अर्थात् ठोस आहारों को इतना चबाओ कि उन्हें पिया जा सके और तरल पदार्थों को भी पर्याप्त चबाते हुए ही निगलना चाहिए, ताकि उनमें मुख से निकलने वाली लार भली प्रकार से मिल जाए। यह लार (सेलिवा)भोजन को पचाने में महत्त्वपूर्ण भूमिका अदा करती है। इसी लार से शर्करा का पाचन होता है। इसलिए मधुमेह (डायबिटीज) से पीड़ितों को भोजन खूब चबा-चबाकर ही निगलना चाहिए।

- इसी संदर्भ में फ्रांस के सुप्रसिद्ध चिकित्सक 'जे.पी. पर्ल्स' के अनुसंधान को उद्धृत करना नितांत प्रासंगिक होगा, जिसमें उन्होंने पंद्रह दिनों तक भोजन को चबा-चबाकर खाने का एक प्रयोग किया। पंद्रह दिनों के बाद परिणाम बहुत ही आश्चर्यजनक थे। लोगों का 'मूड' नियंत्रित होने लगा था....जरा-जरा सी बात पर उत्तेजना, गुस्सा, डिप्रेशन (अवसाद), तनाव एवं अनिद्रा (नींद नहीं आना) की शिकायतें दूर हो गईं। पंद्रह दिवसीय, इस परीक्षण के उपरांत नब्बे प्रतिशत लोग प्रसन्न एवं शांत दिखाई दे रहे थे। खूब चबा-चबाकर भोजन करने से शारीरिक मानसिक एवं भावनात्मक संतुलन की उत्पत्ति होती है, जिससे 'मूड' पर सहज ही अंकुश लग जाता है।
- चाणक्य लिखते हैं कि बकरी के समान खूब चबा-चबाकर भोजन करना चाहिए। इसलिए जब भी भोजन करें, हर ग्रास को बत्तीस बार अवश्य चबाएं। इतनी बार नहीं चबा सकें तो 24 बार अथवा 16 बार तो अवश्य ही चबाएं।

4. कम खाने की महिमा को प्रदर्शित करने वाली एक अन्य कहावत भी बहु प्रचलित है—

आठ कठौती मट्ठा पीवै,
सोलह मकुनि खाय।
वाके मरे ना रोइए,
घर का दारिद जाय॥

जो व्यक्ति आठ कठौति (लकड़ी से बना बरतन) मट्ठा (छाछ) पीता है, मक्का की सोलह रोटियां खाता है, उसके मरने पर कोई शोक नहीं करना चाहिए, क्योंकि उसके मरने से तो घर की दरिद्रता दूर हो जाती है।

- यह एक ब्रज भाषा में कथित व्यंग्यात्मक कहावत है, जिसका अभिप्राय यह हुआ कि व्यक्ति को अधिक मात्रा में आहार ग्रहण नहीं करना चाहिए। यह उन लोगों पर सशक्त प्रहार कर रही है, जो जीने के लिए नहीं खाते, अपितु खाने के लिए जीते हैं।
- 'हठ योग-प्रदीपिका' में भी जिन योग नाशक छह बातों का वर्णन किया गया है, उनमें सर्वप्रथम अत्यधिक मात्रा में भोजन ग्रहण करने का ही वर्णन हुआ है। योग नाशक छह भाव इस प्रकार हैं—
- अधिक भोजन, अधिक परिश्रम, अधिक भाषण, प्रातःकाल शीतल जल से स्नान तथा रात्रि में भोजन, जनसंग, चंचलता।
- श्रीभाष्य में कहा गया है कि हितकारी, उचित मात्रा में तथा मेधा के लिए हितकर आहार (मेध्य) ग्रहण करना तप है।
- चरक संहिता के अनुसार अधिक भोजन से होने वाली हानियां—
  - समस्त दोष प्रकुपित होकर रोग पैदा करने लगते हैं।
  - बढ़े हुए दोष आमाशय के एक भाग में जाकर, अन्न से मिलकर, भोजन को कठिनता से पचने वाला बना देते हैं।
  - पेट-दर्द, शरीर का जकड़ना, मुंह का सूखना, बेहोशी, चक्कर आना, जठराग्नि का असंतुलित होना, पीठ एवं कमर में जकड़ाहट, शिराओं में खिंचाव तथा जकड़ाहट नामक विकार 'वायु' के कारण पैदा होने लगते हैं।
  - पित्त-दोष के कारण ज्वर (बुखार), अतिसार (दस्त), जलन, प्यास, चक्कर आना, इत्यादि विकार पैदा हो जाते हैं।
- एक अन्य कहावत भी लोक प्रचलित है, जिसके अनुसार ज्यादा खाने वाला व्यक्ति जल्दी मर जाता है और थोड़ा खाने वाला व्यक्ति सदा सुखी रहता है—

ज्यादा खावे, जल्द मरि जाय।
सुखी रहे, जो थोड़ा खाय।

- ऐसी ही एक अन्य बहुप्रचलित कहावत भी प्रस्तुत है—

खा उतना जो पच सके,
अपच रोग की राह।
पानी निर्मल पी सदा,
जो जीवन की चाह।

व्यक्ति को उतना ही आहार ग्रहण करना चाहिए जो सुगमता पूर्वक पच सके, अन्यथा अपच (अजीर्ण) रोग हो जाता है तथा जीवन की कुशलता चाहने वालों को हमेशा स्वच्छ जल ही पीना चाहिए।

भोजन के बाद करणीय

भोजन करिके परै उतान,
आठ सांस ताको परिमान।
सोलह दाएं, बत्तीस बाएं,
तब रस बने अन्न के खाए।

इस कहावत के अनुसार भोजन करने के उपरांत सीधे लेट जाएं, आठ बार श्वास लें और छोड़ें। तत्पश्चात् दाहिनी करवट में लेटकर सोलह बार श्वास लें और छोड़ें। अंत में बायीं करवट में लेटकर बत्तीस बार श्वास लें और छोड़ें। इस अभ्यास से 'रस धातु' का निर्माण सुचारु रूप से होने लगता है।

1. भोजन के बाद शयन करना हानिकारक होता है, सोने के साथ पाचन तंत्र भी सुप्त अवस्था में आकर निष्क्रिय हो जाता है। थोड़ा आराम अवश्य कर लेना चाहिए।
2. 'योग-रत्नाकर' में लिखा है कि भोजन के बाद बैठे रहने से आलस्य, लेटने से पुष्टि, चहल कदमी करने से लंबी आयु प्राप्त होती है और दौड़ने वाले के पीछे मृत्यु दौड़कर आती है।
3. चरक संहिता के अनुसार भोजन करने के बाद एक मुहूर्त भर (48 मिनट तक) व्यायाम, मैथुन (सेक्स), दौड़ना, जलपान, मल्लयुद्ध तथा पढ़ना, ये सब कर्म नहीं करने चाहिए। प्रसंगवश उल्लेखनीय है कि भोजन करने के उपरांत हमारे शरीर का अधिकांश रक्त आहार के पाचन के लिए पाचन संस्थान की ओर प्रवाहित होने लगता है, जिसके परिणामस्वरूप मस्तिष्क इत्यादि अवयवों को रक्त आपूर्त्ति कम हो जाती है तथा सुस्ती, आलस्य इत्यादि लक्षण पैदा होते हैं। किंतु अगर भोजन के उपरांत व्यायाम, सेक्स इत्यादि निषिद्ध बतलाए गए कार्य किए जाते हैं तो पाचन-संस्थान की ओर होने वाली रक्त आपूर्ति बाधित होने लगती है, जिससे आहार का सुचारु ढंग से पाचन नहीं हो पाता है।

भोजनान्ते शतपदं गच्छेत्

ब्यारू कर सौ पग चलै,
द्वै इक पान चबाय।
बाईं करवट नींद लै,
ता घर वैद्य न जाय।

यह ब्रजभाषा की कहावत है। ब्यारू 'व्यालू' का अपभ्रंश है, जिसका अर्थ है भोजन। इस कहावत में स्वस्थ रहने के लिए तीन बहुमूल्य सुझाव दिए गए हैं—

- भोजन करके सौ कदम चलना चाहिए।
- भोजन के बाद दो-एक पान (ताम्बूल) चबा लेने चाहिए।
- बाईं करवट सोना चाहिए।

1. भोजन करने के बाद धीरे-धीरे सौ कदम टहलना चाहिए। ऐसा करने से खाया हुआ अन्न पाचन के योग्य बनते हुए शिथिल होने लगता है तथा गर्दन, घुटना, तथा कटि भाग (कमर) को आराम मिलता है।

2. अंग्रेजी भाषा में भी इस विषय से संबंधित कहावत प्रचलित है—

After dinner rest a while,
After supper walk a mile.

3. एक अन्य कहावत में भी भोजन के बाद सौ कदमों तक टहलने की नेक सलाह दी गई है—

सौ पग चले खाई के जोई।
ताको बैद ना पूछै कोई।

4. **पान की महिमा:** आयुर्वेदीय ग्रंथ 'योग-रत्नाकर' के अनुसार सेक्स करने के समय, सोकर उठने पर, स्नान, भोजन तथा वमन आदि क्रियाएं करने पर, युद्ध के समय, पंडितों और राजाओं की सभा में पान चबाना चाहिए।

- महर्षि सुश्रुत ने भी भोजन के पश्चात्, नींद से उठने के बाद तथा स्नान करने के उपरांत पान चबाना लाभप्रद बताया है।
- भोजन के पश्चात् पान खाने से मुख-शुद्धि होती है तथा मुंह में स्थित कफ, कीटाणु एवं अन्न के टुकड़े आदि सब बाहर आ जाते हैं। इससे मानसिक प्रसन्नता प्राप्त होती है। आंत में में एकत्रित वायु बाहर निकलती है। मल त्याग में नियमितता आती है।

- हकीमों का मानना है कि पान तासीर में गरम तथा शांतिदायक है। यह दिल, जिगर, मेदा, दिमाग तथा स्मरण शक्ति को ताकत देता है। शरीर में उत्तम रक्त पैदा करता है तथा दोषों की छंटनी कर देता है। शरीर के रोम-छिद्रों को खोल देता है। इसका सेवन करने से दांत एवं मसूढ़े मजबूत होते हैं तथा मसूढ़ों की सूजन मिट जाती है। कफ की वजह से पैदा हुआ दमा एवं खांसी पान के सेवन से दूर होने लगते हैं। गला एवं आवाज साफ होती है। यह तीनों दोषों (वायु, पित्त एवं कफ) का नाश करता है तथा काम शक्तिवर्धक है।

5. आयुर्वेद के अनुसार पान पित्त को बढ़ाने वाला, जठराग्नि को प्रदीप्त करने वाला, आहार का समुचित रूप से पाचन कराने वाला, शरीर में कांति (चमक) पैदा करने वाला, वायु को खारिज करने वाला, दुर्गन्ध का नाश करने वाला, मुख की शुद्धि करने वाला, हृदय को उत्तेजना प्रदान करने वाला, यौन शक्ति को बढ़ाने वाला, सर्दी को शांत करने वाला, शक्तिवर्धक, दर्द शांत करने वाला, घावों को भरने वाला, वश में करने वाला बतलाया गया है।

6. पान की पत्तियों में विटामिन बी, ऐस्कॉर्बिक अम्ल, कैरोटीन प्रचुर मात्रा में पाए जाते हैं। इसके अलावा काफी मात्रा में प्रोटीन, कार्बोहाइड्रेट, फासफोरस, थायमिन, निकोटिनिक अम्ल, राइबोफ्लेविन भी पाए जाते हैं।

7. आयुर्वेद के अनुसार पान की मध्यराशि (डंठल) बुद्धि नाशक होती है, इसलिए सेवन करने से पूर्व डंठल को अवश्य ही अलग कर देना चाहिए। पान के पत्ते का अग्रभाग तथा मूल भाग भी निकाल फेंकना चाहिए, क्योंकि ये भी रोग-कारक होते हैं।

8. योग-रत्नाकर के अनुसार जो व्यक्ति प्रातः सोकर उठने पर, भोजन करने पर, युवतियों के साथ सहवास करते समय और मैथुन के बाद, पान नहीं खाता है, वह मनुष्य होते हुए भी पशु के समान है।

9. पान खाते समय पहला पीक विष की तरह हानिप्रद बताया गया है, दूसरा पीक 'प्रमेह रोग' पैदा करने वाला होता है तथा कठिनाई से हजम होता है, इसलिए पहले और दूसरे पीकों को थूक देना चाहिए। तीसरा और चौथा पीक निगला जा सकता है, यह अमृत की तरह रसायन बतलाए गए हैं।

10. भूखे होने पर, विविध पित्त विकारों से पीड़ित होने पर, दांत के रोग होने पर, नेत्रज्योति क्षीण होने पर, मूर्च्छा, रक्त-पित्त (शरीर के विविध मार्गों से रक्तस्राव होना) इत्यादि से पीड़ित होने पर पान का सेवन नहीं करना चाहिए।

11. सुबह के समय पान में सुपारी अधिक डालनी चाहिए, दोपहर में कत्था अधिक डालना चाहिए तथा रात्रि में चूना अधिक लगाना चाहिए। प्रसंगवश उल्लेखनीय है कि आयुर्वेद के अनुसार चिकनी सुपारी तीनों दोषों को नष्ट करने वाली होती है। नई एवं कच्ची सुपारी भारी एवं कफ पैदा करने वाली तथा पेट की अग्नि का नाश करती है। कत्था कफ एवं पित्त का नाश करता है तथा चूना वायु और कफ का नाश करता है।

12. बाईं करवट सोने का प्रसंग दिनचर्या प्रकरण में 'वाम शयन' के अंतर्गत बताया जा चुका है।

भोजन के अंत में गुड़

नित भोजन के अंत में
तोला भर गुड़ खाय।
अपच मिटे, भोजन पचे,
कब्ज़ियत मिट जाय।

नित्य प्रतिदिन भोजन के अंत में एक तोला (लगभग दस ग्राम) की मात्रा में गुड़ खा लेने से अपच की शिकायत दूर होकर, भोजन पचने लगता है तथा कब्जियत दूर हो जाती है।

1. आयुर्वेद के अनुसार गुड़ क्षारीय (अल्कलाइन), भारी और स्निग्ध होता है। यह शरीर के बल को बढ़ाता है। पेशाब एवं मल की रुकावटों को दूर करता है। गुड़ को गरीबों की मिठाई के रूप में जाना जाता है। एक तरफ जहां चीनी बनाने की रासायनिक प्रक्रिया के कारण उसमें हर प्रकार के विटामिन, खनिज और पोषक तत्व नष्ट हो जाते हैं, वहीं गुड़ में प्रोटीन, स्निग्धता, ग्लूकोज, कैल्शियम, फासफोरस, आयरन इत्यादि तत्त्व प्रचुर मात्रा में सुरक्षित रहते हैं, जो हमारे शरीर को तत्काल शक्ति एवं स्फूर्ति प्रदान करते है। पुराना गुड़ अधिक गुणवान होता है। यह कफ और मेद-धातु को बढ़ाता है।

2. जो लोग अत्यधिक परिश्रम करते हैं, उन्हें गुड़ तत्काल शक्ति प्रदान करता है। श्रमिकों एवं स्पोर्ट्स मैन के लिए तो यह किसी वरदान से कम नहीं है। बढ़ती उम्र के बच्चों तथा गर्भवती महिलाओं को भी गुड़ बहुत लाभ देता है। इन्हें नियमित रूप से थोड़ी-थोड़ी मात्रा में गुड़ का सेवन करते रहना चाहिए।

3. पिछले कुछ दशकों तक भारतीय जीवन शैली में गुड़ को अनिवार्य रूप से शामिल किया गया था, लेकिन हमने इन दिनों अपने जीवन से गुड़ को पूरी तरह

से बाहर कर दिया है और चीनी को गले लगा लिया है। हकीकत तो यह है कि चीनी से प्राप्त होने वाली शर्करा हमारे स्वास्थ्य को दिन-प्रतिदिन खोखला बना रही है। चीनी के सेवन से न केवल हमारी रोग प्रतिरोध क्षमता (इम्युनिटी) में गिरावट आ रही है, अपितु यह शरीर की चयापचय प्रक्रिया (मैटाबोलिज्म) के लिए भी नितांत घातक साबित हो रही है। चीनी हमारे शरीर के बहुत कम अनुकूल है। हमारे शरीर में चीनी का पाचन बड़ी कठिनाई से हो पाता है। यह आंतों के कुदरती कार्य में व्यवधान पैदा करती है। इस दिशा में हुए अनुसंधान बतलाते हैं कि एसिडिटी (अम्लपित्त), अल्सर इत्यादि उदर-विकारों का एक बहुत बड़ा कारण चीनी भी है।

घी खाओ, दूध पिओ

घी खाओ तो घूमो फिरो,
चीनी खाओ तो चलो फिरो।
नमक खाओ तो नाचो कूदो,
दूध पिओ तो दौड़ो भागो...।

अर्थ सुस्पष्ट है। इस कहावत में चार अति महत्त्वपूर्ण बातें बतलाई गई हैं—

- यदि आप घी का सेवन करते हैं, तो घूमना-फिरना जारी रखें।
- चीनी का सेवन करने वालों को खूब चलना-फिरना चाहिए।
- नमक को नाचने-कूदने से जोड़ा गया है।
- दूध का सेवन करने वालों को दौड़-भाग करने के लिए कहा गया है।

1. घी, चीनी, नमक और दूध का सेवन करना तो आसान है, मगर शरीर में इनका हजम हो पाना कठिन है। इनको सुपाच्य बनाने हेतु इनके साथ 'परिश्रम' करना बेहद जरूरी बताया गया है। बिना उचित परिश्रम के ही इनका सेवन करना स्वास्थ्य के लिए नितांत हानिप्रद सिद्ध होता है तथा उच्च रक्तचाप (हाइपरटेंशन), कोलेस्टेरॉल का बढ़ना, हृदय-धमनी अवरोध, मोटापा, मधुमेह (डायबिटीज) इत्यादि कठिन रोगों की उत्पत्ति हो जाती है।

2. आयुर्वेद में भी परिश्रम और मिताहार को साक्षात् अश्विनी कुमार बतलाया गया है। इसका तात्पर्य यह हुआ कि यदि मनुष्य आलसी न बनकर, पर्याप्त मात्रा में परिश्रम करता रहे और अधिक मात्रा में भोजन न ले, तो वह कभी बीमार नहीं हो सकता है।

3. ऐसी ही समान अर्थ वाली एक अन्य कहावत भी प्रचलित है—

चखो पर चरो मत, चरो तो फरो, न फरो तो मरो।

भोजन के बाद 'मूत्र-त्याग'

खाइ के मूतै सोवे बाम।
कबहुं ना बैद बुलावै गाम।

भोजन करने के उपरांत जो व्यक्ति मूत्र-त्याग करता है तथा बाईं करवट सोता है, वह सदैव स्वस्थ रहता है तथा वैद्यों की शरण में कभी नहीं जाता है।

1. भोजन करने के बाद 'मूत्र त्याग' अनिवार्य रूप से करना चाहिए, इससे गुरदे (वृक्क) दीर्घकाल तक स्वस्थ बने रहते हैं तथा विविध मूत्र रोग एवं पथरी इत्यादि की शिकायतें भी नहीं होती हैं, साथ ही भोजन भी शीघ्र पच जाता है तथा शरीर में हलकापन आता है।

2. ऐसे ही समान अर्थ वाली एक कहावत ब्रज भाषा में भी बहुत लोकप्रिय है—

खाय के मूतै, मूत कै सोवै,
ताकूं वैद्य कबहुं नहिं रोवै।
खाय के मूतै, सोवै वाम,
काहे वैद बसावै गाम।

- आयुर्वेद में भोजन के उपरांत बाईं करवट सोने का स्पष्ट निर्देश किया गया है। सुश्रुत-संहिता में बतलाया गया है कि भोजन के बाद सर्वप्रथम 'वीरासन' में बैठना चाहिए, तत्पश्चात् सौ कदम भ्रमण करने के बाद बाईं करवट सोना चाहिए। ऐसा करने से भोजन ठीक प्रकार से पच जाता है।
- आचार्य भावमिश्र लिखते हैं कि नाभि के ऊपर, वाम पार्श्व में अग्नि रहती है, इसलिए वाम पार्श्व में सोने से अन्न का पाचन ठीक प्रकार से होता है।
- भोजन के बाद शयन करने से वायु तथा पित्त का शमन होता है, कफ बढ़ता है, शरीर को पोषण प्राप्त होता है तथा सुख प्राप्त होता है, लेकिन भोजन के बाद अल्प समय ही सोना चाहिए।

ज्यादा गरम न खाएं

अधिक गरम जो पय पिए, अथवा भोजन खाय।
वृद्धावस्था के प्रथम, बत्तीसी झड़ जाय॥

अधिक गरम दूध अथवा गरमा-गरम खाना जो खाता है, उसके दांत (बत्तीसी) बुढ़ापे से पहले ही झड़ (गिर) जाते हैं। यकीनन अधिक गरम और अधिक ठंडी चीजों का सेवन करने से दांत दुर्बल हो जाते हैं।

1. आयुर्वेद में भी बताया गया है कि दांतों की सेहत चाहने वालों को खट्टे फल, रूखा आहार, ठंडा पानी, कठोर भोजन, अधिक गरम पदार्थों का सेवन करने से बचना चाहिए।

2. प्रसंगवश उल्लेखनीय है कि मल-मूत्र त्याग करते समय बत्तीसी भींचकर (दबाकर) बंद रखनी चाहिए। ऐसा नियमित अभ्यास करते रहने से बुढ़ापे में भी दांत नहीं हिलते हैं तथा दांतों की जड़ें मजबूत हो जाती हैं।

3. टूथ पेस्ट के स्थान पर दातुन का प्रयोग करें।

गरम खाएं

तातो खाइ पटै में सोवै,
ताको वैद्य पिछारे रोवै।

जो व्यक्ति गरम आहार ग्रहण करता है और ऐसा घर जिसमें छत हो, वहां पर सोता है, उसका वैद्य घर के पिछवाड़े (पिछले हिस्से) में रोता रहता है अर्थात् वैद्य की कोई उपयोगिता नहीं रह जाती है, क्योंकि वह तो सदैव स्वस्थ रहता है।

1. आयुर्वेद में भी गरम आहार की प्रशंसा की गई है। चरक संहिता के अनुसार भोजन गरम ही ग्रहण करना चाहिए। गरम आहार ग्रहण करने के पीछे महर्षि अग्निवेश ये सब लाभ गिनाते हैं—

- आहार का स्वाद बढ़ जाता है।
- पेट की आग (जठराग्नि) बढ़ जाती है।
- जल्दी पच जाता है।
- कफ को शांत करता है।

2. रोटी, कपड़ा और मकान मनुष्य मात्र की प्राथमिक आवश्यकताएं होती हैं। मकान व्यक्ति को संरक्षण प्रदान करता है। इसलिए पटे हुए घर में शयन करना

सुरक्षात्मक दृष्टि से उपयोगी बतलाया गया है। बिना छत वाले घर में लकड़ी, पत्थर, वर्षा, हवा इत्यादि के कारण व्यक्ति असुरक्षित रहता है।

रोज सवेरे जल पिएं, भोजन के संग छाछ।

दूध पिए फिर रात को, रोग न आवे पास।

नित्य सवेरे जो पानी पीता है, भोजन के साथ छाछ सेवन करता है, रात को दूध का सेवन करता है, ऐसे व्यक्ति के पास रोग नहीं आते हैं।

1. रोज सवेरे जल पीने का महत्त्व दिनचर्या प्रकरण में उषा-पान शीर्षक के अंतर्गत बतलाया जा चुका है।

2. भोजन के साथ छाछ का सेवन करें। आयुर्वेद कहता है कि छाछ का सेवन करने वाला व्यक्ति कभी बीमार नहीं होता, छाछ के द्वारा उपचार किए गए रोग पुनः पैदा नहीं होते हैं और समूल नष्ट हो जाते हैं। जिस प्रकार स्वर्ग में देवताओं के स्वास्थ्य के लिए 'अमृत' का महत्त्व है, उसी प्रकार इस संसार में मनुष्यों को स्वस्थ रखने के लिए छाछ का महत्त्व होता है।

- हम जो भी आहार ग्रहण करते हैं, उसके समुचित पाचन के लिए 'अम्ल' की आवश्यकता होती है। भोजन के उपरांत आमाशय में जो स्राव होते हैं, वे अम्ल प्रधान ही होते हैं। भोजन के साथ अथवा भोजन के अंत में छाछ का सेवन करने से (चूंकि छाछ में अम्ल उपस्थित होता है) भोजन शीघ्र पच जाता है।
- छाछ की महिमा बताते हुए कहा गया है कि छाछ भोजन के प्रति रुचि पैदा करती है, जठराग्नि को बढ़ा देती है, अत्यन्त पाचक, उदर रोगों को नष्ट करने वाली तथा तृप्ति प्रदान करने वाली होती है। इसका सेवन करने से वायु, पित्त एवं कफ नामक तीनों दोषों का शमन होता है। अफारा, पेट दर्द, बवासीर पर छाछ अत्यन्त हितकारी औषधि है। यह पर्याप्त भूख की वृद्धि करती है।

3. दूध पिए फिर रात को — रात के समय दूध पीने की बहुमूल्य सलाह दी गई है। रात में दूध पीने से हमारे शरीर में उपस्थित होने वाले अनेक दोषों (रोगों) की शांति होती है। सबसे पहले दूध के गुणों पर विचार करते हैं—

जिस व्यक्ति की जठराग्नि उद्दीप्त (जागृत) हो, जो कृश (दुर्बल), बालक, अथवा बूढ़ा हो, जिसे रति (संभोग) से अनुराग हो, उस व्यक्ति के लिए दूध परम हितकारी तथा तत्काल वीर्य (शुक्र) की उत्पत्ति कर देने वाला है।

- आयुर्वेद चिकित्सा विज्ञान में दूध पीने के गुण समय के अनुसार अलग-अलग बतलाए गए हैं—

समय विशेष	दूध पीने से होने वाले लाभ
1. प्रातः काल	बल कारक, शरीर का समुचित विकास करने वाला, तथा जठराग्नि को बढ़ाता है।
2. दोपहर	बल दायक, भोजन के प्रति रुचि बढ़ाने वाला, पेशाब की कठिनाई को दूर करता है।
3. रात्रि	अनेक प्रकार के दोषों की शांति करता है।

- रात को सोने से पहले गरम दूध पीने से कफ, आमवात और मोटापा (मेद-रोग) नष्ट हो जाता है। इससे मूत्राशय शुद्ध हो जाता है तथा भूख खुलकर लगती है। खांसी, दमा और बुखार शांत होने लगते हैं।
- छाछ का महत्त्व प्रदर्शित करने वाली एक अन्य कहावत भी बहुत प्रचलित है—

जो भोरहिं माठा पियत है, जीरा नमक मिलाय।
_बल बुद्धि तीसे बढ़त है, सबै रोग जरि जाय।_

अर्थात् जो प्रात:काल (निराहार) छाछ का प्रयोग जीरा और नमक मिलाकर करता है, उसके बल एवं बुद्धि में अपार वृद्धि होती है तथा शरीर के सभी रोग जल जाते हैं। प्रसंगवश स्मरणीय है कि आयुर्वेदीय ग्रंथ भाव-प्रकाश में 'जीरे' को मेधा बढ़ाने वाला, बलकारी तथा यौन-शक्ति बढ़ाने वाला बताया गया है।

5. किस महीने में क्या खाएं?

सेवन करें

1. *चैत चना, बैसाखे बेल,*
जेठे शयन, आषाढ़े खेल,
सावन हर्रे, भादों तिल।
कुवार मास गुड़ सेवै नित,
कार्तिक मूली अगहन तेल,
पूस करे दूध से मेल।
माघ मास घी-खिच्चड़ खाय,
फागुन उठ नित प्रात नहाय।

कहावत में निर्दिष्ट बिन्दुओं को तालिका-बद्ध किया जा रहा है—

	महीना	खाएं अथवा करें
1.	चैत्र (मार्च-अप्रैल)	चना
2.	बैसाख (अप्रैल-मई)	बेल
3.	ज्येष्ठ (मई-जून)	शयन
4.	आषाढ़ (जून-जुलाई)	खेल
5.	श्रावण (जुलाई-अगस्त)	हरड़
6.	भाद्रपद (अगस्त-सितंबर)	तिल
7.	आश्विन (सितंबर-अक्टूबर)	गुड़
8.	कार्तिक (अक्टूबर-नवंबर)	मूली
9.	मार्गशीर्ष (नवंबर-दिसंबर)	तेल
10.	पौष (दिसंबर-जनवरी)	दूध
11.	माघ (जनवरी-फरवरी)	घी-खिचड़ी
12.	फाल्गुन (फरवरी-मार्च)	प्रातःस्नान

1. चैत्र से आषाढ़ तक का विषय कुछ लोग इस प्रकार भी बतलाते हैं—

चैत मास में बेसहनी। बैसाख में खाबै जड़हनी।
जेठ मास जो दिन में सोवै। ताको ज्वर आषाढ़ में रोवै।

अर्थात् चैत में नीम, बैसाख में भात, जेठ में दिन में शयन करें। जेठ के महीने में दिन में सोना लाभप्रद कहा गया है। जेठ में दिन में सोने से आषाढ़ के महीने में बुखार नहीं आता है।

2. कुछ लोग '**सावन हर्रे, भादों चीत।**' भी कहते हैं, जिसका अर्थ है—श्रावणमास में हरड़ का सेवन करें तथा भाद्रपद मास में 'चिरायता' का सेवन करें।

2. ***कार्तिक दूध, अगहन में आलू,***
पूस पान अरु माघ रतालू।
फागुन शक्कर-घी जो खाय,
चैत आंवला कच्चा चबाय।
बैसाखे जो खाय करेला,
जेठे दाख, आषाढ़े केला।
सावन निशि में जब, तब खाय,
भादों ब्याद कबहुं नहिं पाय।
क्वार कामना देय बचाय,
तो सत वर्ष आयु हो जाय।

महीना	**खाएं अथवा करें**
कार्तिक	दूध
मार्गशीर्ष (अगहन)	आलू
पौष	पान
माघ	रतालू
फाल्गुन	शक्कर+घी
चैत्र	कच्चा आंवला
वैशाख	करेला
ज्येष्ठ	दाख

महीना	खाएं अथवा करें
आषाढ़	केला
श्रावण	रात्रि में भोजन निषिद्ध है
भाद्रपद	वर्षा में नहीं भीगें
आश्विन	सेक्स नहीं करें

3. *सावन में गुड़ खावै,*
चाहे मुहर बराबर आवै।

यह ब्रज भाषा की लोकोक्ति है, जिसमें श्रावण मास में गुड़ के सेवन से स्वास्थ्य लाभ होने के कारण 'गुड़ सेवन' की अनिवार्यता प्रतिपादित की गई है। सावन में गुड़ अवश्य खाना चाहिए, भले ही गुड़ की कीमत 'सोने की मोहर' जितनी ही क्यों नहीं हो।

1. वर्षाकाल में ऋतु प्रभाव से हमारी भूख कम पड़ जाती है। आयुर्वेद की भाषा में इस लक्षण को 'मंदाग्नि' कहा जाता है। वर्षा काल की मंदाग्नि को शांत करने तथा जठराग्नि को प्रदीप्त करने हेतु गुड़ बेजोड़ है। वर्षाकाल में हमारे शरीर में 'पित्त' का संचय होता रहता है, गुड़ पित्त को शांत कर देता है।

2. गुड़ के विषय में विस्तृत जानकारी 'कहावतों' में आहार ग्रहण करने की विधियां प्रकरण के अंतर्गत 'भोजन के अंत में गुड़' शीर्षक में दी गई है।

सेवन करने से बचें...

1. *चैते गुड़ बैशाखे तेल,*
जेठ के पंथ, आषाढ़े बेल।
सावन साग, भादों मही,
क्वार करेला, कातिक दही।
अगहन जीरा, पूसै धना,
माघै मिसरी, फागुन चना।
जो कोई इतने परिहरै,
ता घर बैद पैर नहिं धरै।

महीना	नहीं खाएं... नहीं करें
चैत्र (मार्च-अप्रैल)	गुड़
बैसाख (अप्रैल-मई)	तेल
ज्येष्ठ (मई-जून)	पथ-गमन (घूमना)
आषाढ़ (जून-जुलाई)	खेल-कूद
श्रावण (जुलाई-अगस्त)	हरी सब्जी, सत्तू
भाद्रपद (अगस्त-सितंबर	छाछ, दही
आश्विन (सितंबर-अक्टूबर)	करेला
कार्तिक (अक्टूबर-नवंबर)	दही, छाछ
मार्गशीर्ष (नवंबर-दिसंबर)	जीरा
पौष (दिसंबर-जनवरी)	धनिया
माघ (जनवरी-फरवरी)	मिस्री
फाल्गुन (फरवरी-मार्च)	चना

2. ***क्वार करेला, चैत गुड़, भादों मूली खाय।***
पैसा जावै गांठ का, रोग गले पड़ जाय।

आश्विन (क्वार) के महीने में करेला, भादों (भाद्रपद) के महीने में मूली तथा चैत्र के मास में गुड़ का सेवन करने से शरीर में अनेक रोग पैदा हो जाते हैं तथा रोगों के उपचार में पैसा बरबाद होता है।

3. ***आषाढ़ मास जो दिन में सोवै,***
ओकर सिर सावन में रोवै।

आषाढ़ मास में दिन में सोना (शयन) हानिकारक कहा गया है। जो व्यक्ति आषाढ़ मास में दिन में सोता है, उसे सावन महीने में सिरदर्द का सामना करना पड़ता है।

4. ***सावन व्यारू जब-तब कीजै,***
भादौं व्यारू नाम न लीजै।

श्रावण (सावन) के महीने में व्यारू (व्यालू भोजन का समानार्थी है।) जब-तब कर लेना चाहिए अर्थात् थोड़ी मात्रा में आहार ग्रहण करना चाहिए तथा भाद्रपद (भादों) के महीने मे व्यालू (भोजन) का नाम नहीं लेना चाहिए। प्रसंगवश उल्लेखनीय है कि 'व्यालू' शब्द भरपेट भोजन के संदर्भों में आता है।

- इस कहावत में वर्षा ऋतु में आहार की मात्रा स्वल्प रखने की बहुमूल्य सलाह दी गई है। वर्षा ऋतु में नैसर्गिक रूप से ही शरीर की जठराग्नि (पेट की आग) दुर्बल रहती है तथा वायु आदि दोष स्वाभाविक रूप में ही बढ़े हुए होते हैं। ऐसे में यदि इस ऋतु (श्रावण-भाद्रपद) में आहार का सेवन अति मात्रा में सेवन किया जाएगा तो उससे जठराग्नि और भी कम हो जाएगी, फल स्वरूप अपच (इंडाइजेशन) आदि उत्पन्न होकर शरीर विविध बीमारियों से ग्रस्त हो जाएगा।
- यही कारण है कि आज भी जैन धर्म के श्रद्धेय मुनि जन वर्षाकाल में (चातुर्मास) करते हुए, भ्रमण त्याग करते हुए, एक ही स्थान पर रहते हैं तथा व्रत-उपवास करते हुए शारीरिक-मानसिक स्वास्थ्य को और भी अधिक उन्नत बना लेते हैं।
- रूस के चिकित्सा वैज्ञानिक ब्लाडीमिर व्यापक अनुसंधानों के बाद लिखते हैं कि उपवास के द्वारा फिर से जवान होना और अपने यौवन को बहुत दिनों तक बनाए रखना संभव होता है। अनेक व्यक्तियों के जल्दी मरने का कारण, जरूरत से ज्यादा खा लेना तथा सौ वर्ष पूर्व की अपनी पाचन-शक्ति को बिगाड़ लेना है। पहले अधिक भोजन किया जाय, तत्पश्चात उसे पचाने के लिए अनेक प्रकार की दवाइयां खाई जाएं, यह एक प्रकार की मूर्खता ही है, जो वर्तमान सभ्यता की देन है।

5. *भादों की छाछ भूतों की,*
कार्तिक की छाछ पूतों की।

तथा

भादों में खायो दही,
बारहमासी बीमारी गही।

कहावत के अनुसार भाद्रपद (भादों) मास में सेवन की जाने वाली छाछ भूतों की अर्थात् व्यक्ति को मार डालती है, क्योंकि वह अनेक रोगों को पैदा करती है। कार्तिक मास में छाछ पूतों अर्थात् सुपुत्रों के लिए अमृततुल्य है। भाद्रपद मास में दही का सेवन करने पर व्यक्ति बारहों महीने बीमार रहता है।

6. दीर्घायु के रहस्य

आंवला और जवानी

जो नित आंवला खात है,
प्रात पियत है पानी।
कबहुं न मिलिहैं वैद्यराज से,
कबहुं न जाई जवानी।

जो नियमित रूप से आंवले का सेवन करता है, प्रात:काल पानी पीता है, वह कभी अस्वस्थ नहीं होता तथा सदा जवान बना रहता है।

1. आयुर्वेद-महर्षि अग्निवेश ने भी आयु को स्थिर बनाने वाली औषधियों में आंवले को सर्वश्रेष्ठ माना है।

2. नवीनतम अनुसंधान भी यह बतलाते हैं कि आंवले में पाए जाने वाले 'एंटीऑक्सीडेंट' बुढ़ापे को रोकने में समर्थ होते हैं।

3. आयुर्वेद में आंवला अति विशिष्ट स्थान रखता है। अमृत के समान लाभप्रद फल होने के कारण आंवले को अमृत फल भी कहा जाता है। आंवला शरीर की धातुओं को धारण करने वाला फल है। इसके सेवन से दिव्य गुणों की प्राप्ति होती है। यह आयु को धारण करने वाला फल माना गया है। इसके सेवन से यौन-शक्ति बढ़ती है, प्यास शांत होती है तथा यह मंगल कारक फल है। आंवला 'रसायन' है। आयुर्वेद में रसायन उसे कहा जाता है जो बुढ़ापा तथा व्याधि को दूर करता है। निस्संदेह नियमित रूप से आंवले का सेवन करने वाला व्यक्ति दीर्घायु हो जाता है। उसकी स्मरण शक्ति, मेधा (धारणा-शक्ति) बढ़ जाती है। स्वास्थ्य उन्नत हो जाता है। ऐसा व्यक्ति यौवन की सुखद अनुभूतियों से सराबोर हो उठता है। उसके वर्ण में निखार आने लगता है। बोलने की क्षमता (वाक्‌शक्ति) बढ़ जाती है। उसके शरीर में चमक आ जाती है।

4. आंवला 'युफार्बिएसी' फेमिली का है। इसका वानस्पतिक नाम एम्ब्लिका आफिसिनेलिस है। अंग्रेजी में इसे 'एम्बलिक मिरोबेलन' कहा जाता है। मराठी, गुजराती में इसे आंवला कहा जाता है। तमिल में इसे नेल्लिकाई कहते हैं। तेलुगु में उशीरिकई, कन्नड़ तथा मलयालम में नेल्लि, फारसी में आम्लज तथा बंगला में आमला कहा जाता है। अंग्रेजी में इसे 'इंडियन गूजबेरी' भी कहा जाता है।

5. आंवला तीनों दोषों को शांत करता है। इसमें पाए जाने वाले अम्ल रस से यह वायु को शांत करता है। मधुरस एवं शीत वीर्य के कारण यह पित्त तथा रुक्ष-कषाय होने से कफ का शमन करता है। विशेष रूप से यह 'पित्त-शांतिकर' है। शरीर के किसी भी हिस्से में होने वाली जलन को यह शांत करता है। नेत्रों के लिए असीम हितकर है। बालों को भी स्वस्थ बनाता है। शरीर की समस्त नाड़ियों को बल प्रदान करता है। सूक्ष्म इंद्रियों की शक्ति को बढ़ाता है। इसमें जठराग्नि को प्रदीप्त करने की विलक्षण क्षमता पाई जाती है। यह वायु को खारिज करता है। उदर की अम्लता का विनाश करता है। यकृत को उत्तेजित करता है। यदि इसका सेवन थोड़ी मात्रा में किया जाता है, तो यह मल को रोकता है और अधिक मात्रा में सेवन करने पर मल को शरीर से बाहर निकालता है। आंवला हृदय को असीम शक्ति प्रदान करता है। यह कफ का विनाश करता है। यौन-शक्ति को बढ़ाता है तथा गर्भ की स्थापना करता है। शुक्रमेह, प्रदर (ल्यूकोरिया) तथा गर्भाशय की दुर्बलता की उत्तम औषधि है। विविध रक्त विकारों पर भी यह अच्छा कार्य करता है। पेशाब रुकने पर तथा पैत्तिक प्रमेह रोग पर ताजा आंवलों का रस पिलाया जाता है। पुराने बुखार पर भी यह बहुत अच्छा कार्य करता है। शरीर की दुर्बलता को भी यह दूर करता है। आयुर्वेद में च्यवनप्राश, ब्रह्मरसायन, धात्री-लौह, धात्री-रसायन आंवले से बनने वाले प्रसिद्ध औषधि योग हैं। रोगों का निवारण करने वाली जितनी भी औषधियां संसार में हैं, हरड़ (टर्मिनेलिया-चेबुला) उन सबमें प्रमुख है। इसी प्रकार संसार में आयु को स्थिर करने वाली जितनी भी औषधियां हैं, उन सब में 'आंवला' श्रेष्ठतम् है।

- आंवला तासीर में ठंडा होता है। इसी ठंडक की बदौलत यह रक्त की गरमी तथा तीक्ष्णता को दूर करता है तथा सफाई करने वाले अपने गुणों की बदौलत रक्त को शुद्ध करता है, साथ ही वर्ण को भी लाभ पहुंचाता है। जब आंवला मांस-धातु में प्रविष्ट होता है, तो यह मांस-धातु में स्थित अग्नि को प्रदीप्त कर, मांस के मल को नष्ट कर पेशी-कोषों को शुद्ध करता है। तत्पश्चात् क्रमशः अस्थि, मज्जा तथा शुक्र धातु की शुद्धि करता है तथा वात-नाड़ियों को अपार शक्ति प्रदान करता है।

- शरीर पर फोड़े-फुंसी, लाल चकत्ते, कुष्ठ, वात-रक्त, विसर्प इत्यादि त्वचा संबंधी विकारों पर आंवला या आंवले से बनी हुई औषधि का सेवन कराने से रक्त शुद्ध हो जाता है। शरीर में प्रवेश हुई झूठी गरमी शांत हो जाती है, पुराने से पुराने घाव भी जल्दी से जल्दी भरकर अच्छे हो जाते हैं। वीर्य विकारों पर भी आंवले का सेवन बहुत लाभ देता है। यह पित्त प्रकोप से पैदा होने वाले वीर्य दोषों का नाश कर देता है। इससे वीर्य की अनावश्यक गरमी से मुक्ति मिलती है। वीर्य कोष को बल मिलता है। पुराने रोगों पर सूखे आंवले अधिक लाभप्रद सिद्ध होते हैं। ताजा आंवले का रस नए रोगी को तत्काल लाभ देता है। सूखे आंवले अधिक लाभप्रद सिद्ध होते हैं। ताजा आंवले का रस नए रोगी को तत्काल लाभ देता है। सूखे आंवलों में गैलिक एसिड की काफी मात्रा होती है, इसलिए सूखे आंवले खूनी दस्तों, आंव के दस्तों, बवासीर (अर्श) तथा नकसीर, रक्त प्रदर पर बहुत अच्छा असर दिखाते हैं। लौह-भस्म के साथ सेवन करने से यह पीलिया तथा पुराना पीलिया (कामला) तथा अपच पर अच्छा असर दिखलाते हैं। आंवले के सेवन से शरीर की सप्तधातुओं में सम मृत परमाणु बाहर निकल जाते हैं और उनके स्थान पर नए सबल परमाणुओं का प्रवेश हो जाता है। इसीलिए स्वास्थ्य एवं यौवन दोनों की ही प्राप्ति होती है।

6. सवेरे पानी पीने की महिमा दिनचर्या प्रकरण के अंतर्गत 'उषा-पान' शीर्षक में बतलाई जा चुकी है।

योग के साधन

अवधु आहार तोड़ो, निद्रा मोड़ो,
कबहुं ना होइगा रोगी।
छठै-छमासै काया पलटिबा,
ज्यूं बिरला ज्यूं योगी (गुरु गोरखनाथ जी)

इस कहावत में दीर्घ जीवन जीने की कला का बेहतरीन एवं सारगर्भित ढंग से विवेचन किया गया है। गुरु गोरखनाथ जी द्वारा कथित यह चार पंक्तियां किसी मंत्र से कम नहीं जान पड़ती हैं। गोरखनाथ जी कह रहे हैं—'हे अवधूत! आहार को तोड़ो। अर्थात् आहार की मात्रा को तोड़ो या कम करो। नींद पर नियंत्रण करो या नींद को मनोयोग से भगा दो। इस प्रकार भोजन और नींद का अभ्यास करने से लाभ यह होगा कि शरीर में कभी भी रोग पैदा नहीं होगा।'

छह महीनों में एक दफा शरीर का सम्यक् शोधन करें, यही काया पलटिबा का अभिप्राय है। चूंकि गोरखनाथ जी हठयोगी थे, तदनुसार यौगिक-षट्कर्मों (धौति, बस्ति, नेति, त्राटक, नौलि, कपालभाति) के द्वारा काया पलट करना अभिप्रेत है। इन समस्त प्रकल्पों का अभ्यास करने पर व्यक्ति योगी जैसा बन जाता है।

पंचगव्य की महिमा

पंचगव्य सौं न्हाय के
पंचामृत पी लेय।
बिन मांगे सौ बरस की
उमर विधाता देय।

यह भी ब्रजभाषा की कहावत है। पंचगव्य से स्नान करके, जो व्यक्ति पंचामृत पी लेता है, उसे बिना मांगे हुए ही सौ बरस की आयु विधाता दे देता है।

1. **पंचगव्य**—गाय का दूध, दही, घी, मूत्र और गोबर, इन सबको एकत्र करके मिलाने पर पंचगव्य बनता है। एक भाग घी, एक भाग गोमूत्र, दो भाग दही, तीन भाग दूध तथा आधा भाग गोबर मिलाकर एक भाग कुशोदक मिलाएं।

2. **पंचामृत**—गाय का दूध, गाय का दही, गाय का घी, शहद और शक्कर- इन सबको मिलाने से पंचामृत बनता है।

3. अन्यत्र भी कहा गया है—

जा घर तुलसी अरु गाय।
ता घर बैद कबहुं न जाय।

अर्थात् जिस घर में तुलसी और गाय है, वहां कोई बीमार नहीं हो सकता है। हिन्दू संस्कृति में तुलसी एवं गाय के अमृत के समान सद्गुणों के प्रति कृतज्ञता ज्ञापित करते हुए ही इनका पूजन करने की परंपरा आज तक विद्यमान है।

- **गाय के दूध के गुण**—मीठा, शीतल, भारी, स्निग्ध, रसायन, पुष्टिकारक, माता के स्तनों में दूध पैदा करने वाला, बलकारक, जीवनी शक्ति को बढ़ाने वाला, वायु एवं पित्त का नाश करने वाला कहा गया है।
- **गाय के दही के गुण**—आयुर्वेद में इसे उत्तम कहा गया है। यह शरीर को असीम बल प्रदान करता है, स्वाद में मीठा, भोजन के प्रति रुचि बढ़ाने वाला, पवित्र, शरीर की दीप्ति को बढ़ाने वाला, स्निग्ध, पुष्टिकारक तथा वायुनाश करने वाले गुणों से युक्त कहा गया है।

- **गाय का घी**—यह बुद्धि, शरीर की कांति और स्मरण-शक्ति को बढ़ाने वाला, बल कारक, मेधा शक्ति को बढ़ाने वाला, शुद्धि कारक, वायु नाशक, श्रम (थकान) का नाश करने वाला, स्वर को बढ़ाने वाला, पित्त नाशक, पौष्टिक, अग्नि को बढ़ाने वाला, वीर्य वर्धक, शरीर में दृढ़ता का भाव पैदा करने वाला कहा गया है। इसे सब घृतों से उत्तम बताया गया है।
- **गौ-मूत्र के गुण**—यह कटु एवं तिक्त रसयुक्त, उष्ण, क्षारीय, शरीर को दुबला बनाने वाला तथा शरीर में हलकापन लाने वाला, लघु, अग्नि को प्रदीप्त करने वाला, मेधा कारक, कफ एवं वायु का नाश करने वाला, शूल, गुल्म (वायु गोला, उदर रोग, इत्यादि विकारों के उपचार में उपयोगी माना गया है।
- **गोबर के गुण**—वातावरण को शुद्ध करता है। गोबर की गंध से टी.बी. के कीटाणु नष्ट हो जाते हैं। अनुसंधान बतलाते हैं कि गोबर में 'फासफोरस' की मात्रा प्रचुर होने से यह अनेकानेक संक्रामक रोगों से हमें मुक्ति दिलाता है।

1. रोग एवं उपचार

सिरदर्द

घी-कपूर को लीजिए, एक ही साथ मिलाय।
सिर माथे पर रगड़िए, दर्द तुरंत भाग जाय॥

घी और कपूर को लेकर एक साथ मिला लें। इससे सिर और माथे पर मसल देने पर सिरदर्द तत्काल दूर हो जाता है।

1. आयुर्वेद के अनुसार 'घी' पित्त और 'वायु' को शांत करता है। कपूर से रक्त संचालन केन्द्रों को उत्तेजना प्राप्त होती है। तासीर में कपूर ठंडा होता है। कपूर के स्थानीय लेप से पसीने की उत्पत्ति होती है, जिससे वेदना शांत हो जाती है।

वाक्शक्ति

ब्राह्मी-मुंडी सौंठ वच पीपल शहद मिलाय।
तोला भर नित खाय जो, वाचस्पति हो जाय॥

ब्राह्मी—मुंडी, सौंठ, वच, पीपल इन पांचों को शहद में मिलाकर एक तोला की मात्रा में जो व्यक्ति नित्य सेवन करता है, वह वाचस्पति हो जाता है।

1. ब्राह्मी—आयुर्वेद में ब्राह्मी को 'मेध्य' (मेधा को बढ़ाने वाली) बतलाया गया है। इसका वानस्पतिक नाम 'सेंटेला-एशियाटिका' है। ब्राह्मी जलाशयों, नदियों एवं नालों के किनारों पर प्रचुरता में मिलती है। बुद्धिवर्धक औषधि होने के कारण इसे 'ब्राह्मी' कहा जाता है। मेधा के बढ़ाने का विशेष गुण होने से इसे 'सरस्वती' भी कहा जाता है।

- ब्राह्मी को आयुर्वेद में तिक्त रस वाली कहा गया है। इसकी तासीर ठंडी होती है। तिक्त रस वाली होने से यह कफ एवं पित्त को शांत करती है। 'मेधा' कहते है ग्रंथ-ग्रहण करने की क्षमता को। ब्राह्मी परममेध्य है और स्मरण-

शक्ति को बढ़ा देती है। यह प्रशामक (ट्रैंक्विलाइजर) का कार्य भी करती है। इसका सेवन करने से मस्तिष्क की धारणा शक्ति बढ़ जाती है।

2. मुंडी—इसका वानस्पतिक नाम 'स्फिरैन्थस-इंडिकस' है। संस्कृत में इसे मुंडी, श्रावणी कहा गया है। हिन्दी में इसे मुंडी तथा गोरखमुंडी कहा जाता है। स्वाद में इसे तिक्त (तीता या कड़वा) बताया गया है। तासीर में इसे 'उष्ण' बतलाया गया है। आयुर्वेद में इसे दिमागी कमजोरी (मस्तिष्क दौर्बल्य), अपस्मार (मिरगी) तथा विभिन्न वायु रोगों में उपयोगी बताया गया है। इस कहावत में चूंकि 'वाक्शक्ति' बढ़ाने की बात कही गई है, इसलिए निश्चित ही मुंडी मस्तिष्क के उन केन्द्रों को भी शक्ति प्रदान करती है, जिनके द्वारा वाणी मुखरित हो पाती है।

3. सोंठ—यह वायु रोगों की सुप्रसिद्ध औषधि है। यदि बढ़ी हुई वायु के कारण वाणी केन्द्रों में अवरोध आया हो तो उसमें सोंठ उत्तेजक का कार्य करती है।

4. वच—वचा 'एरेसी' फेमिली की औषधि है। इसका वानस्पतिक नाम 'एकारस केलेमस' है। इस पौधे की जड़ें तथा धरती में स्थित तना ही औषधीय काम में लाए जाते हैं। संस्कृत भाषा में इसे वचा अर्थात् 'वचन-शक्तिवर्धक' कहा गया है। चूंकि इसकी जड़ों से तीखी गंध आती रहती है, इसलिए इसे 'उग्रगंधा' भी कहा गया है। छह गांठों वाली होने से षड्ग्रंथा तथा गाय के समान रोम युक्त होने से इसे 'गोलोभी' भी कहा जाता है। अंग्रेजी में इसे 'स्वीट फ्लैग' कहा जाता है।

- नाड़ी तंत्र के विविध विकारों जैसे पक्षाघात (अधरंग), उन्माद, अपस्मार, इत्यादि मानसिक रोगों में इसका बखूबी प्रयोग आयुर्वेद में किया जाता है। चिंता, शोक इत्यादि भावनात्मक विकारों पर भी यह प्रशामक 'ट्रैंक्विलाइजर' का कार्य करती है। बुद्धि बढ़ाने के लिए भी 'वचा' का प्रयोग किया जाता है। जो बच्चे हकलाते हैं या जल्दी नहीं बोल पाते हैं, उनमें 'वचा' के टुकड़े को चंदन की ही भांति पत्थर पर घिसकर चटा देने से बच्चे स्पष्ट बोलने लग जाते हैं। आयुर्वेद के सुप्रसिद्ध सारस्वत चूर्ण तथा 'मेध्य-रसायन' में वचा भी मिलाई जाती है।

5. पीपल (पिप्पली)— यह पाइपरेसी फेमिली की बेल के फल हैं। नाड़ी-तंत्र पर यह अच्छा कार्य करती है। इसमें 'मेध्य' गुण विशेष रूप से पाया जाता है। दिमागी कमजोरी की हालत में यह विशेष लाभ देती है। वायु शामक होने से विविध वायु रोगों में इसका उपयोग किया जाता है। पंसारियों से 'छोटी पीपल' नाम से ली जा सकती है।

6. शहद—संस्कृत भाषा में शहद को मधु कहा जाता है। आयुर्वेद के आचार्य भावमिश्र ने शहद की तासीर ठंडी बतलाई है। इसे हलका, स्वादिष्ट व रूखा बतलाया गया है। यह मल को बांधता है, नेत्रों की शक्ति को बढ़ाता है, भूख को खोलता है, स्वर को बुलंद बनाता है। शहद को 'मेधाकर' अर्थात् मेधा-शक्ति बढ़ाने वाला भी कहा गया है। शहद को 'योगवाही' भी कहा गया है। 'योगवाही' से अभिप्राय ऐसी औषधि है, जो किसी भी औषधि के साथ मिलकर उसके गुणों को बढ़ा देती है। शहद में यही विलक्षण गुण विद्यमान होता है। इसीलिए जिस किसी भी औषधि को शहद के साथ (अनुपान रूप में) दिया जाता है, शहद उस औषधि के गुणों को बढ़ा देता है। इस कहावत में भी 'शहद' का उपयोग 'अनुपान' के रूप में किया गया है। शहद में मिलाने पर ब्राह्मी इत्यादि औषधियां सुगमता पूर्वक चाटी जा सकती हैं।

अपस्मार (मिरगी)

वच खुरासानी शहद संग,
दोय टंक जो देय।
मृगी रोग तुरत हरै,
दूध भात पथ लेय।

वचा एवं खुरासानी अजवायन को दो टंक की मात्रा में सेवन करने से मिरगी रोग तुरंत दूर होने लगता है। इस दवा का सेवन करने के दौरान पथ्य के रूप में दूध और भात लिया जाना चाहिए।

1. वचा के गुणधर्म इसी अध्याय के वाक्शक्ति प्रकरण में बताए जा चुके हैं।

2. खुरासानी-अजवायन—यह सोलेनेसी फेमिली की वनस्पति है। वानस्पतिक नाम हायोसॉयमस नाइगर है। पारस देश में पैदा होने के कारण इसे 'पारसीक अजवायन' भी कहा जाता है। मादक होने से इसको मदकारिणी संज्ञा भी प्राप्त है। अंग्रेजी में इसे हेनबेन कहा जाता है। आयुर्वेद में इसकी तासीर गरम बतलाई गई है। इसे कफ एवं वायु को शांत करने वाली तथा पित्त को बढ़ाने वाली कहा गया है।

'वायु' को शांत करने के गुणों के कारण यह उन्माद, अपस्मार, प्रलाप, अनिद्रा इत्यादि पर बहुत अच्छा कार्य करती है। अत्यधिक काम-वासना को भी यह शांत कर देती है। मस्तिष्कामरण-शोथ में भी इसका प्रयोग किया जाता है। यह वेदनाओं से मुक्ति दिलाती है तथा उत्तम प्रशामक (ट्रैंक्विलाइजर) है।

3. 'टंक' आयुर्वेद का प्राचीन माप है। एक टंक चार माशे के बराबर होता है।

केश-रोग

तोला एक कपूर लै, पाव नारियल तेल,
शीशी में रख लीजिए, कर दोनों का मेल।
त्रिफला से सिर धोय के, तेल लगाय जोय,
केश बढ़े अरु नर्म हो, सिर में ठंडक होय।

एक तोला (लगभग दस ग्राम) कपूर लें तथा एक पाव (250 मिली लीटर) नारियल के तेल में मिलाकर, शीशी में रख लें। त्रिफला से सिर धोकर, इस कपूर युक्त तेल की मालिश सिर पर करने से बाल बढ़ते हैं, मुलायम बनते हैं तथा सिर में ठंडक होती है।

1. कपूर की तासीर ठंडी होती है। यह सर्वप्रथम स्थानीय नाड़ियों को उत्तेजित करता है, जिससे ठंडक की अनुभूति होती है।

2. नारियल-तेल— यह केश बढ़ाने वाले गुणों के लिए सुप्रसिद्ध है। इसका वानस्पतिक नाम 'कोकस न्यूसिफेरा' है। आयुर्वेद के अनुसार नारियल तेल शरीर को बढ़ाने वाला, बलवर्धक, बालों के लिए हितकर, पित्त तथा वायु को हरने वाला, दांतों के लिए हितकर तथा मीठा होता है।

3. तेल लगाने से पहले त्रिफला से सिर धो लेना चाहिए। 'त्रिफला' के अंतर्गत हरड़, बहेड़ा तथा आंवला का समावेश होता है। त्रिफला को रात के समय पानी में भिगोकर सवेरे पानी को मथ-छानकर, उस पानी से सिर धोएं। यह त्रिफला-जल यदि सवेरे निराहार एक गिलास की मात्रा में पिया जाय तो भी बालों का झड़ना एवं सफेद होना रुक जाता है।

नेत्र-रोग

नेत्र-शूल

हरी दूब को कुचलकर, देवै घास निकाल।
आधा तोला पीजिए, आंख दर्द मिटे तत्काल॥

हरी दूब को कुचलकर, घास निकाल दें और इसका रस लेकर आधा तोला पी लेने से, तत्काल आंखों का दर्द मिट जाता है।

नेत्र-ज्योति

काली मिर्च को पीसकर,
घी बूरा संग खाय।
नेत्र-रोग सब दूर हों,
गिद्ध-दृष्टि हो जाय!

काली मिर्च को पीसकर जो व्यक्ति घी तथा बूरे (शक्कर) के साथ खाता है, उसके समस्त नेत्र रोग दूर हो जाते हैं तथा वह गिद्ध के समान तेज दृष्टि वाला बन जाता है।

1. हम सभी यह भली-भांति जानते हैं कि आंख है तो जहान है। इसलिए हमें दोनों नेत्रों की रक्षा प्रयत्न पूर्वक करते रहना चाहिए। क्योंकि अंधे व्यक्ति के लिए जीवन निरर्थक हो जाता है।

2. काली मिर्च में निस्संदेह नेत्र ज्योति बढ़ा देने की विलक्षण क्षमता होती है। राजस्थान में शरद पूर्णिमा की रात की कहावत में बतलाया गया मिश्रण तैयार करके रात भर चंद्रमा की शीतल किरणों के समक्ष रखा जाता है। आगामी पंद्रह दिनों तक उक्त मिश्रण नित्य प्रातःकाल पांच से दस ग्राम की मात्रा में खाया जाता है, जिससे इसका सेवन करने वाले वर्ष भर नेत्र विकारों से मुक्त रहते हैं। शरद पूनम की रात को चंद्रमा की शीतल किरणें अपने अलौकिक प्रभाव से काली मिर्च और घी-बूरे के मिश्रण को प्रभावी बना देते हैं।

3. काली मिर्च का छिलका हटाकर सुखा देने से 'सफेद मिर्च' बन जाती है। छिलका हटाने के लिए इसे हाथों से रगड़ा जाता है अथवा पानी में भिगो कर मसला जाता है। छिलका हटने के बाद 'सफेद मिर्च' में काली मिर्च जैसा चरपरापन एवं तीखापन नहीं रह जाता है। आयुर्वेद महर्षि सुश्रुत ने इसी सफेद मिर्च को 'चक्षुष्य' अर्थात् नेत्रों के लिए परम हितकारी बताया है।

4. काली मिर्च, घी एवं बूरे का अनुपात समभाग अर्थात् तीनों चीजें 100-100 ग्राम की मात्रा में ली जा सकती हैं।

- इस कहावत में कहे गए तीनों ही घटक द्रव्य 'चक्षुष्य' माने गए हैं। घी के विषय में 'भावप्रकाश' में बताया गया है कि घी रसायन, मधुर, चक्षुष्य, एवं जठराग्नि को बढ़ाने वाला है। इसी प्रकार बूरा (खांड) को भी चक्षुष्य बतलाया गया है।
- 'चक्षुषे हितं चक्षुष्यं' अर्थात् जो द्रव्य चक्षु के लिए हितकर हो, उसे चक्षुष्य कहते हैं।

कर्ण-रोग

पीले पात मदार के घृत में देय लगाय।
गरम गरम रस डालिए, कर्ण दर्द मिट जाय।

मदार के पीले पत्ते घी लगाकर आग पर गरम करें। इनका रस निकालकर हलका गरम रस (सुखोष्ण) कान में डाल देने से कान का दर्द मिट जाता है।

1. यहां पर 'मदार' के आक का ग्रहण करना चाहिए। आयुर्वेद के आचार्य चक्रपाणिदत्त ने भी इस कहावत में बतलाए गए प्रयोग जैसा ही एक प्रयोग बतलाया है कि जब आक की पत्ती पककर पीली हो जाए, तब उसमें घी लगाकर आग में गरम करें। इसके पश्चात् इसको निचोड़ कर रस कान में डालने से कर्ण शूल (कान-दर्द) शांत हो जाता है।

दांतों के रोग

त्रिफला, त्रिकुटा, तूतिया,
पांचों नमक पतंग।
दंत-वज्र सम होत हैं,
माजूफल के संग!

हरड़, बहेड़ा, आंवला, सोंठ, काली मिर्च, पीपल (त्रिकुटा), शुद्ध किया हुआ तूतिया (तुत्थ या नीला थोथा), काला नमक, सेंधा नमक, सांभर नमक, लाहौरी नमक, विड् नमक (पांचों लवण), पतंग (पत्रांग नामक द्रव्य) तथा माजूफल इन सबको बारीक कूट-पीस तथा छानकर बनाए गए मिश्रण से मंजन करने से दांत वज्र के समान मजबूत हो जाते हैं।

1. त्रिफला के अंतर्गत हरड़, बहेड़ा तथा आंवला का समावेश किया जाता है। ये तीनों ही आयुर्वेद के सुप्रसिद्ध द्रव्य हैं। पंसारियों के यहां इन्हीं नामों से सुलभ होते हैं।

	(फेमिली)
❑ हरड़-टर्मिनेलिया चेबुला	क्रॉम्ब्रेटेसी
❑ बहेड़ा-बेल्लिरिक मिरोबेलन	क्रॉम्ब्रेटेसी
❑ आंवला-एम्बिलका ऑफिशिनेलिस	यूफोर्बिएसी

2. त्रिफला में प्रधान रस 'कषाय' होता है तथा अन्य गौण-रस (अनुरस) होते हैं। कषाय-रस स्तंभन (रक्त को रोकने वाला), शोषण (दूषित रस-रक्त आदि

को सुखाने वाला), घावों को भरने वाला (रोपण) होने से दांतों के स्वास्थ्य के लिए अमृतवत् कार्य करता है। इसके अतिरिक्त त्रिफला तीनों दोषों को शांत करता है। पित्त को शांत करने के गुण की बदौलत यह रक्त विकारों तथा कुष्ठ आदि को दूर करता है। साथ ही दंत-वेष्ट (पायरिया) को दूर करने में सक्षम होता है।

3. त्रिकुट के अंतर्गत तीन औषधियों की गणना की जाती है—

		लेटिन नाम	**अंग्रेजी नाम**	**फेमिली**
❑	सोंठ	जिंजिबर ऑफिशिनेल	फ्रेश-जिंजर	जिंजिबरेसी
❑	काली मिर्च	पाइपर-नाइग्रम	ब्लैक-पीपर	पाइपरेसी
❑	पिप्पली	पाइपर-लौंगम	लौंग-पीपर	पाइपरेसी

त्रिकुट, कटु-रस वाला, कटु-विपाक वाला तथा उष्ण वीर्य (तासीर में गरम) मिश्रण है, इसलिए यह कफ एवं वायु संबंधी विकारों को शांत करता है। यह मिश्रण दमा, खांसी, वायु गोला, प्रमेह (डायबिटीज), मोटापा, मेदोरोग तथा पुराने जुकाम (पीनस) इत्यादि रोगों की चिकित्सा में काम आता है।

4. तूतिया 'नीले थोथे' को कहा जाता है। संस्कृत में इसे 'तुत्थ' कहा गया है। यूनानी वैद्यक (हिकमत) के अनुसार तांबे को सफेद फिटकरी के साथ जलाकर तूतिया तैयार किया जाता है। औषधीय कार्यों के लिए नीले थोथे को शुद्ध किया जाना अनिवार्य होता है, अन्यथा उसमें विद्यमान विषाक्तता स्वास्थ्य के लिए नितांत हानिप्रद सिद्ध होती है।

नीले थोथे को 'दोला-यंत्र' में तीन प्रहर तक गाय, भैंस और बकरी के मूत्र के साथ स्वेदन करने से यह शुद्ध हो जाता है। शोधित नीले थोथे में विष-शमन करने तथा विविध रक्त विकारों को (मंडल-कुष्ठ, सफेद-दाग, दाद) दूर कर देने की विलक्षण क्षमता होती है। दांतों में उपस्थित विष को दूर करने के लिए ही इस मंजन में 'तुत्थ' को मिलाने का विधान किया गया है।

❑ दोला-यंत्र अशुद्ध नीले थोथे को चार तह वाले कपड़े की पोटली में रखकर, उसको मजबूत धागे से बांध दें। अब एक मटकी या तपेली (भगोनी) लें। इसमें आधे भाग तक पूर्व में कहा गया मूत्र भर दें और पतीली या हांडी के गले में दोनों तरफ आमने-सामने एक-एक छेद कर, उसमें एक-एक मजबूत लकड़ी या लोहे की सलाख डाल दें। अब इस लकड़ी के बीच के भाग में उक्त औषधि की पोटली को अच्छी प्रकार बांधकर नीचे मूत्र में लटका दें। इस हांडी को अग्नि पर रखते हुए स्वेदन करें।

5. पांचों नमक के अंतर्गत आयुर्वेद में ये नमक समाविष्ट किए जाते हैं—

- ❑ सेंधा नमक ❑ सौवर्चल नमक (संचर भी कहा जाता है)
- ❑ विड् नमक (बिड् अपभ्रंश) ❑ सामुद्र नमक (समुद्र के जल से निर्मित)
- ❑ सांभर नमक (सांभर झील के जल से निर्मित)

नमक को आयुर्वेद में कफ-पित्त का प्रकोप करने वाला तथा वायु शामक कहा गया है।

6. पतंग — इसे संस्कृत भाषा में पत्रांग, पतंग, पट्ट-रंजक नामों से जाना जाता है। अंग्रेजी में इसे सैप्पन कहा गया है। लेग्यूमिनोसी फेमिली तथा सीजल पिनिऑयडी सबफेमिली वाले इस औषधीय वृक्ष के 'सार' का प्रयोग चिकित्सा कार्यों में किया जाता है। पतंग सार तासीर में ठंडा होता है। यह रूखा, कसैला, तीता (तिक्त) तथा मीठा होने से कफ एवं पित्त को शांत करते हुए, दांतों से होने वाले रक्तस्राव को रोकता है, मसूढ़ों के घावों को भर देता है, दांतों को स्थिरता प्रदान करता है। मसूढ़ों का ढीलापन दूर करके उनमें कसावट लाता है। बाजार में इससे निर्मित औषध-योग 'पत्रांगासव' भी सुलभ होता है, जो कि श्वेतप्रदर (ल्यूकोरिया) इत्यादि स्त्री रोगों की अव्यर्थ औषधि है।

7. माजूफल—आयुर्वेद में इसे 'माया फल' कहा गया है। फैगेसी फेमिली के इस वृक्ष का वानस्पतिक नाम 'क्वर्कस इन्फेक्टोरिया' है। इस वृक्ष की नूतन शाखाओं में ऐडलोरिया गेली टिंकटोरी नामक कीड़ा अंदर घुसकर अंडे दे देता है, अंडे के चारों तरफ इस वृक्ष से निकला रस इकट्ठा होकर गांठनुमा आकृति बन जाती है। इसी में कीड़ा अपने अंडों के साथ रहता है। यही गांठ 'माजूफल' कहलाती है।

- ❑ माजूफल तासीर में ठंडा होता है। इसका रस कषाय होता है तथा यह हलका तथा रूखा होता है। कफ एवं पित्त संबंधी विकारों में यह नितान्त उपयोगी होता है। इसमें रक्तस्राव रोकने का विशिष्ट गुण पाया जाता है, इसलिए इसका प्रयोग 'दंत मंजनों' में प्रचुरता के साथ किया जाता है।

गले के रोग

कंठगत श्लेष्मा

लौंग इलायची चाबिए, रोजाना दस-पांच।
हरे श्लेष्मा कंठ का, रहो स्वस्थ है सांच॥

नियमित रूप से दस-पांच लौंग, इलायची चबाते रहने से कंठ का श्लेष्मा

(गले का बलगम) दूर होता है, व्यक्ति स्वस्थ रहता है, यह बात पूर्णत: सत्य (सांच) है।

1. लौंग—भारतीय परिवेश में इसका घर-घर बखूबी उपयोग किया जाता है। सर्दियों में चाय में लौंग के एक दो दाने डाल देने पर चाय का स्वाद और महक दोनों ही बढ़ जाती है। संस्कृत भाषा में इसे लवंग, देव कुसुम, श्री प्रसून, चंदन-पुष्पक इत्यादि नामों से जाना जाता है। अंग्रेजी में इसे 'क्लोव' कहा जाता है। इसका वानस्पतिक नाम 'सिजिगियम एरोमेटिकम' है।

- आयुर्वेद मे लौंग का उपयोग कफ-पित्त जन्य विकारों पर किया जाता है। चरपरा एवं कड़वा होने से यह भूख बढ़ाता है। आहार का समुचित ढंग से पाचन करता है। भोजन के प्रति रुचि बढ़ाता है। इसके तीखेपन से मुंह से लार-ग्रंथियों को उत्तेजना प्राप्त होती है, फलस्वरूप अधिक मात्रा में लार स्रवित होती है। अम्लपित्त (एसिडिटी) के रोगियों के लिए तो लौंग मानो अमोघ औषधि है। यह आंव (आमदोष) का पाचन करते हुए, भूख बढ़ा देता है तथा पाचन क्रिया को सुव्यवस्थित बना देता है। बढ़े हुए पित्त के कारण होने वाली जलन को यह शांत कर देता है तथा पित्त के अत्यधिक द्रवांश का अवशोषण करते हुए एसिडिटी से मुक्ति दिला देता है।
- खांसी, दमा तथा हिचकी पर भी यह विशेष रूप से सुप्रभावी है। टी.बी. (क्षय) रोग में इसका सेवन करने से खांसी शांत होती है। यदि कफ से बदबू आती है, तो वह भी दूर हो जाती है। बार-बार पानी पी लेने के उपरांत भी जब प्यास शांत नहीं होती है, उस समय पानी में लौंग उबालकर देने से यह शिकायत तत्काल दूर हो जाती है। उल्टी होने पर भी लौंग का पानी विशेष लाभप्रद होता है। बुखार में भी दोषों के पाचन हेतु लौंग का पानी विशेष लाभ देता है। नियमित रूप से लौंग चबाने से व्यक्ति बहुत सारी बीमारियों से बचा रहता है।

2. इलायची—इलायची के उपयोगों से भारतीय जन सुपरिचित ही हैं। लौंग की भांति इलायची भी चाय में डाली जाती है। इलायची वाले पान की महक की ओर भला कौन आकर्षित नहीं होता है? आयुर्वेद में इलायची तीनों दोषों को शांत करने वाली कही गई है। तासीर में यह ठंडी होती है। मुंह में होने वाले विभिन्न मुख-रोगों, उल्टी, मिचली, भूख नहीं लगना, पेट-दर्द, अफारा, बवासीर (अर्श) इत्यादि विकारों के उपचार में यह काम आती है। खांसी, दमा, हृदय की दुर्बलता में भी इलायची का नित्य सेवन विशेष लाभ देता है। पेशाब की तकलीफ

(मूत्रकृच्छ), पेशाब में जलन (दाह) में भी इलायची का सेवन करने से जलन शांत होती है तथा पेशाब खुलकर आने लगता है। नियमित रूप से इलायची का सेवन करते रहने से शरीर में शक्ति का संचार होता है, दुर्बलता दूर होती है।

- छोटी इलायची का चूर्ण तथा पिप्पली-मूल का चूर्ण समान भाग मिलाकर रखें। प्रातः, सायं एक-एक चम्मच भर 'घी' के साथ लेने से हृदय-रोगों तथा वायु-गोला (गुल्म) से मुक्ति मिलती है।
- इलायची के दानों को पीसकर, अनार के रस के साथ (1 कप ताजा अनार का रस) देने से उल्टी एवं मिचली दूर हो जाती है।
- यात्रा करते समय होने वाली उल्टियों में भी (मोशन सिकनैस) रोगी के मुख में इलायची रखना श्रेष्ठ होता है।
- ज्यादा केले खा लेने से उत्पन्न हुई अपच को दूर करने के लिए इलायची के दो दाने खा लेना ही पर्याप्त होता है।
- हृदय को मजबूत एवं कार्य कुशल बनाए रखने के लिए इलायची का नियमित सेवन अवश्य करना चाहिए।
- इलायची का एक ग्राम चूर्ण एक कप गाय के दूध के साथ सेवन करते रहने से पेशाब की जलन दूर होती है।
- इलायची के दाने चबाते रहने पर, गर्मियों में लू (हीट स्ट्रॉक) लगने की संभावना बहुत कम हो जाती है।
- मुंह के छाले होने पर भी मिस्री के साथ इलायची के दानों का सेवन दिन भर में कई बार करते रहने से आशातीत लाभ मिलता है।
- जिन लोगों को प्यास बहुत लगती है तथा बार-बार पानी पीने पर भी प्यास नहीं बुझने की शिकायत रहती है, उन्हें इलायची के कई दाने दिन भर में खा लेने चाहिए।
- खांसी-जुकाम, दमा इत्यादि रोगियों तथा जिनके सीने में कफ (बलगम) जमा हो गया है, उनके लिए इलायची तथा अन्य औषधियों से निर्मित 'सितोपलादि चूर्ण' शहद के साथ दिन में कई बार सेवन करना अमृत के समान गुणकारी सिद्ध होता है।
- इलायची को चबाते रहने से मुख की दुर्गन्ध दूर हो जाती है।
- इलायची के भुने हुए बीजों का सेवन करने से दस्त बंद हो जाते हैं तथा गुर्दों एवं मूत्राशय की पथरी निकल जाती है।

गला बैठना

मुख में पुष्कर-मूल को,
धार चूस जो कोय।
शब्द उच्च निकरन लगे,
गल बैठो जो होय।

'पुष्कर-मूल' को मुंह में रखकर जो इसका रस चूसा जाए, तो इससे गला यदि बैठा हो, तो भी मुख से आवाज निकलने लगती है।

1. पुष्कर-मूल एक आयुर्वेदिक वनस्पति है। इसका वानस्पतिक नाम 'इन्युला रेसिमोसा' है। हिंदी में इसे 'पोहकर मूल' कहा जाता है। पंसारियों के पास भी यह औषधि इसी नाम से सुलभ होती है। यह पौधे की जड़ है। आयुर्वेद में इसकी तासीर गरम मानी गई है। स्वाद में यह तीती (कड़वी) तथा चरपरी होती है। यह कफ एवं वायु संबंधी विकारों पर उपयोग में लाई जाती है। आयुर्वेद महर्षि अग्निवेश ने हिचकी, दमा, खांसी तथा पार्श्व-शूल (पार्श्व में होने वाला दर्द) की सबसे अच्छी औषधि बताया है।

2. यह तिक्त एवं कटु रसीय होने तथा तासीर में गरम होने से कफ शामक, खांसी को हरने वाली, हिचकी दूर करने वाली तथा दमे पर विशेष रूप से कारगर औषधि है। यह उत्तम एंटी हिस्टेमिन (हिस्टेमिन प्रतिरोधी) है। आयुर्वेद में इसका प्रयोग दिमागी कमजोरी, क्षय (टी.बी.), सूजन (शोथ), आमवात इत्यादि विकारों पर भी किया जाता है।

3. भैषज्य-रत्नावली नामक आयुर्वेदीय ग्रंथ में लिखा है कि पुष्कर मूल के कपड़-छन चूर्ण को तीन ग्राम की मात्रा में, शहद में मिलाकर सेवन करने से एंजाइना (हृत्त-शूल), श्वास (दमा), खांसी, क्षय, हिचकी इत्यादि की शिकायतें दूर हो जाती हैं। नियमित रूप से सवेरे-शाम सेवनीय है।

कंठ-कोकिला

1. *वच कुलिंजन बावची, चौथा नागर पान।*
शहद मिलाकर खाइए, कंठ कोकिला जान!

वचा, कुलिंजन, बावची, पान को शहद में मिलाकर सेवन करने से कंठ कोयल जैसा सुमधुर हो जाता है।

1. वचा—आयुर्वेद-महर्षि हारीत के अनुसार दिन-रात जो वचा की गांठ को मुंह में रखता है, उसे मुख-रोगों से मुक्ति मिल जाती है।

- चक्रपाणिदत्त के अनुसार वचा का चूर्ण शहद के साथ सेवन करने से तथा इसके सेवन काल में दूध का सेवन करते रहने से महान अपस्मार नामक बीमारी नष्ट हो जाती है।
- जो बच्चे हकलाते हैं या जल्दी नहीं बोल पाते हैं, उनमें 'वचा' के टुकड़े को 'चंदन' की ही भांति पत्थर पर घिसकर चटा देने से, बच्चे स्पष्ट बोलने लग जाते हैं।
- चिंता, शोक इत्यादि भावनात्मक विकारों पर भी यह प्रशामक (ट्रैंक्विलाइजर) का कार्य करती है। बुद्धि बढ़ाने के लिए भी 'वचा' का प्रयोग किया जाता है।
- 'वचा' के बारे में अधिक जानकारी सिर के रोग शीर्षक के अंतर्गत वाक्शक्ति प्रकरण में दी गई है। पाठक देख सकते हैं।

2. कुलिंजन—यह भूमि में पाया जाने वाला एक पौधे का कंद है। इस पौधे का वानस्पतिक नाम 'ऐल्पिनिया गलंगा' है। फेमिली 'जिंजीबरेसी' है। संस्कृत भाषा में इसे मलय-वच, सुगंधा, स्थूल-ग्रंथि नामों से जाना जाता है। हिन्दी एवं बंगला में इसे 'कुलंजन' कहा जाता है। अंग्रेजी में इसे ग्रेटर गेलंगल कहा जाता है।

- कुलिंजन की तासीर गरम होती है। यह श्वास नलिकाओं को फैला देती है, जिससे श्वास (दमा) के रोगी को आराम मिल जाता है। इससे स्वर यंत्र को भी ताकत मिलती है।
- आचार्य भावमिश्र ने इसे विशेष रूप से कफ एवं खांसी को नाश करने वाली औषधि बताया है। निघंटु-रत्नाकर नामक ग्रंथ में इसे स्वर शोधन करने वाली, मुख एवं कंठ की शुद्धि करने वाली, कफ, श्वास, खांसी तथा वायु को निश्चित ही समाप्त कर देने वाली बताया है
- गला बैठना, हकलाना, इत्यादि वाणी विकारों में कुलिंजन का टुकड़ा मुख में रखकर चूसते रहने से आशातीत लाभ मिलता है।

3. बावची—यह लेग्युमिनोसी फेमिली का पौधा है। इसका वानस्पतिक नाम 'सोरेलिया कोरिलीफोलिया' है। हिन्दी भाषी इसे बाकची बावची नामों से जानते हैं। अंग्रेजी में इसे 'सोरेलिया सीड' कहा गया है। संस्कृत भाषा में यह बाकुची, कुष्ठघ्नी इत्यादि नामों से जानी जाती है।

- आयुर्वेद में इसे गरम तासीर वाली कहा गया है। गरम होने के कारण ही यह कफ और वायु को शांत करती है। इसका रस कटु एवं तिक्त (तीता) है।

4. पान— यह पाइपरेसी फेमिली का पौधा है। इसके पत्ते ही उपयोग में लिए जाते हैं। इसका वानस्पतिक नाम 'पाइपर बेटल' है। संस्कृत भाषा में इसे ताम्बूल, नाग-वल्लरी, सप्तशिरा इत्यादि नामों से जाना जाता है। अंग्रेजी में इसे बेटल कहा जाता है।

- आयुर्वेद में पान की तासीर 'गरम' बतलाई गई है। पान में कटु एवं तिक्त रस विद्यमान होते हैं। कटु, तिक्त, तीक्ष्ण एवं उष्ण होने के कारण ही पान 'कफ संबंधी' शिकायतों पर अमृत जैसा असर दिखाता है। कफ के कारण पैदा हुए दमा एवं खांसी पान के उपयोग से दूर हो जाते हैं। इससे गला एवं आवाज साफ हो जाती है।
- चाणक्य राजनीति शास्त्र में पान के गुण इस प्रकार बतलाए गए हैं—रस में कुछ कटु (चरपरा), तिक्त (तीता), मधुर (मीठा), क्षारीय (अल्कलाइन), कसैला, गरम, वायु नाशक, कृमि नाशक, कफ नाशक, दुर्गन्ध नाशक, मुख का आभूषण, मुख की शुद्धि करने वाला, काम-शक्ति बढ़ाने वाला।

2. *पत्ते नागर-बेल के, हरे चबाए कोय।*
कंठ साफ-सुथरा रहे, रोग भला क्यों होय?

नागर बेल (पान)के हरे पत्ते चबाने से कंठ साफ सुथरा तथा निरोग बना रहता है।

फेफड़ों के रोग

खांसी

1. *अरूरसा पंचांग को, काढ़ो पीवै जोय।*
तीन दिनों में जात है, खांसी कैसिउ होय!

अडूसे के पंचांग से बनाया हुआ काढ़ा जो पीता है, उसको चाहे जैसी भी खांसी क्यों न हो, तीन दिनों में समाप्त हो जाती है।

1. इस कहावत में कहा गया 'अरुरसा' लौकिक नाम है। मूल नाम है 'अडूसा' पंचांग से अभिप्राय है—इस पौधे के पांचों अंगों का मिश्रण। पंचांग है—मूल (जड़), पत्ते, फल, पुष्प और तना। अडूसा एकेन्थेसी फेमिली का पौधा है। इसका वानस्पतिक नाम 'अधा टोडा वासिका' है।

- आयुर्वेद में इसे वासा, वासका, वासिक, सिंहास्य, वाजिदंत, वृष, आटरूषक इत्यादि नामों से जाना जाता है। पहाड़ी में इसे 'बसूटी' कहा जाता है।
- आयुर्वेद में अड़ूसे को ठंडा (शीत-वीर्य) बतलाया गया है। रस में यह तिक्त (कड़वा) एवं कसैला होता है। आयुर्वेद इसे श्रेष्ठ कफ़ शामक एवं पित्त नाशक औषधि के रूप में जानते हैं। इसमें विद्यमान लघुता, रूखापन, तिक्त एवं कषाय रस की बदौलत ही यह कफ को शांत करते हुए 'खांसी' को दूर कर देता है। 'अड़ूसा' खांसी, दमा, टी.बी. की उत्कृष्ट औषधि मानी जाती है।

अड़ूस के पंचांग का काढ़ा पीने से कफ (बलगम) ढीला पड़कर, फेफड़ों से सुगमता पूर्वक बाहर आ जाता है, जिससे रोगी को अधिक कष्ट नहीं होता है। लगातार जोर-जोर से उठने वाली खांसी भी कम होने लगती है। श्वास नलिकाओं का 'संकोच' दूर होकर वे समुचित रूप से फैल जाती हैं, जिससे श्वास फूलने जैसी शिकायतें दूर हो जाती हैं। खांसते समय यदि बलगम में खून आता है, तो वह भी इस कहावत में बतलाई गई विधि से दूर हो जाता है। अड़ूसे की महिमा बतलाने वाली आचार्य वृंद की उक्ति भी इस संदर्भ में पठनीय है—'इस दुनिया में यदि वासा विद्यमान है और मरीज को जीवन के प्रति आशा है, तो रक्त-पित्त, क्षय पीड़ित तथा रक्तस्रावी खांसी से पीड़ितों को अवसादित (दुखी) होने की क्या जरूरत है? यकीनन अड़ूसा इन सब रोगों की महान औषधि है।

काढ़ा बनाने की विधि—अड़ूसे का काढ़ा बनाने के लिए पंचांग लगभग बीस ग्राम (दो तोला) लें। दो गिलास पानी को किसी पतीली में डालकर, अड़ूसा पंचांग के साथ धीमी आग पर उबालें। जब एक कप शेष रह जाए, तो इसे छानकर थोड़ी मिस्री मिलाकर पी लें। दिनभर में 5 से 6 बार सेवन करें। अचार, तेल, खट्टी एवं ठंडी चीजों से परहेज रखें।

2. *खांसी जब-जब भी करे, तुमको अति बेचैन।*
सिकी हींग अरु लौंग से, मिले सहज ही चैन।

जब भी आपको खांसी अत्यधिक बेचैन करे तो भुनी हुई हींग तथा भुनी हुई लौंग को मुंह में रखकर इनका रस चूसते रहने से आसानी से आराम मिल जाता है।

1. लौंग—यह पंसारियों के पास सुलभ होती है। भारतीय रसोई में गृहिणियां लौंग से सुपरिचित होती ही हैं। लौंग खांसी, दमा, हिचकी की अचूक औषधि है। इसका सेवन करते रहने से कफ (बलगम) से आने वाली दुर्गन्ध दूर हो जाती है। लौंग को भूनकर, मुंह में रखकर इसका रस चूसते रहने से श्वास नलिकाओं की

श्लैष्मिक कला को उत्तेजना प्राप्त होती है, जिससे श्वास नलिकाओं में फंसा हुआ कफ आसानी से बाहर आ जाता है।

2. हींग—यह अम्बेलिफेरी फेमिली का है। वानस्पतिक नाम 'फेरूला-नार्थेक्स' है। संस्कृत में इसे हिंगु, सहस्रवेधि (हजारों कर्म करने वाला), इत्यादि नामों से जाना जाता है। अंग्रेजी में इसे 'असाफिटिडा' कहा जाता है।

- आयुर्वेद में इसकी तासीर गरम बतलाई गई है। गरम होने से ही 'हींग' कफ एवं वायु को शांत करता है। इसकी तीक्ष्णता से बलगम आसानी से श्वास नलिकाओं से बाहर आ जाता है। कफ को आसानी से बाहर निकाल देने के विशिष्ट गुण के कारण ही न्यूमोनिया, पुरानी खांसी, दमा तथा कूकर-खांसी (हूपिंग-कफ) में इसका प्रयोग करने से आशातीत लाभ मिलता है।
- असली हींग की परीक्षा—असली हींग यदि पानी में घोली जाए, तो धीरे-धीरे पूरा घुल जाती है और पानी का रंग साफ तथा दूधिया हो जाता है। कोई अवशेष तल में नहीं बैठता है।

सूखी खांसी

1. ***काली मिर्च महीन पिसावे,***
आक-पुष्प और शहद मिलाय।
चटनी भोजन प्रथमहिं खावे,
सूखी खांसी झट मिट जाय।

काली मिर्च को बारीक (महीन) पीसकर, इसमें आक पुष्प और शहद मिलाकर, इसकी चटनी भोजन से पहले खाएं इससे सूखी खांसी में तत्काल आराम मिल जाता है।

1. इस कहावत में बतलाई गई सामग्री की मात्रा इस प्रकार ले सकते हैं—

काली मिर्च का चूर्ण	1 ग्राम
आक-पुष्प	1 से 3 ग्राम
शहद	1 चाय चम्मच भर

2. आक-पुष्प—आक का पौधा लगभग चार फीट तक ऊंचा होता है। यह ऐस्क्लिपिडेसी फेमिली का है। संस्कृत भाषा में इसे 'अर्क' (सूरज के समान तीखा एवं गरम)कहा जाता है। हिन्दी में इसे अकवन, मदार, आक कहा जाता है 'आक' के पौधे के फूल, पत्ते, दूध, जड़ की छाल (मूल-त्वक्) औषधीय कार्यों में बेहद उपयोग किया जाता है।

- तासीर में गरम होने के कारण यह 'कफ और वायु' का शमन करता है। इसके प्रयोग से फेफड़ों में जमा हुआ कफ़ सुगमता पूर्वक बाहर आ जाता है। दमें के रोगियों को भी 'आक' के फूल का सेवन करने से विशेष लाभ होता है।
- दो प्रकार के 'आक' आयुर्वेद में पहचाने गए हैं—श्वेत और रक्त। इनकी पहचान पुष्पों के रंग के आधार पर की जाती है। रक्तवर्ण के फूलों वाला 'अर्क' कहलाता है, श्वेत वर्ण के पुष्प वाला अलर्क या मंदार कहलाता है। मंदार का वानस्पतिक नाम केलोट्रोपिस जाइगेन्टिआ है। इसका पौधा बड़ा एवं ऊंचाई लिए होता है। इस कहावत के संदर्भ में रक्तजाति वाला अर्क ही ग्रहण करना चाहिए।

2. *इमली की पत्ती हरी, रत्ती हींग मिलाय।*
सेंधा नमक मिलाय के, काढ़ा लेय बनाय।
जब चौथाई जल रहे, गरम-गरम पी जाय।
यहि प्रकार कुछ दिन पिए, सूखी खांसी जाय।

इमली की हरी पत्तियों के साथ रत्ती-भर हींग तथा सेंधा नमक मिलाकर काढ़ा बना लें। जब चौथाई पानी शेष बचे, तो इस काढ़े को गरम-गरम पी जाएं। इस प्रकार कुछ दिनों तक पीते रहने से सूखी खांसी दूर हो जाती है। अंग्रेजी में इमली को 'टेमरिंड' कहा जाता है।

दमा खांसी

छोटी पीपल शहद संग, रोज सुबह जो खाय।
कुछ दिन तक जो नियम करे, दमा खांसी मिट जाय।

छोटी पीपल (लैंडी पीपल) को नित्य प्रात: जो व्यक्ति कुछ दिनों तक नियम पूर्वक शहद के साथ सेवन करता है, उसके दमा और खांसी रोग मिट जाते हैं।

1. पीपल पाइपरेसी फेमिली की वनस्पति है, जिसका वानस्पतिक नाम 'पाइपर-लौंगम' है। सुप्रसिद्ध आयुर्वेदीय ग्रंथ 'भाव-प्रकाश' में इसके अनेक पर्याय बताए गए हैं। अंग्रेजी में इसे 'लोंग-पीपर' कहा जाता है। पंजाबी में इसे 'मघां' भी कहा जाता है।

- आयुर्वेदीय वाङ्मय में 'एकौषधि प्रयोग' का महत्त्व सदियों से प्रतिपादित हुआ है। ऐसी अनेक औषधियां हैं, जिनका उपयोग स्वतंत्र रूप से, अनुपान भेद से विविध रोगों की शांति के लिए किया जाता है। 'पिप्पली' भी एक

ऐसी ही औषधि है, जिसे लोक भाषा में 'पीपल' के नाम से जाना जाता है।

- व्यवहार में दो प्रकार की पिप्पली प्रचलित है— बड़ी और छोटी। छोटी पीपल हमारे देश में ही प्रचुरता से पैदा होती है, जबकि बड़ी पीपल मलेशिया, सिंगापुर इत्यादि देशों से आयात की जाती है। दोनों ही प्रकारों की पीपल आयुर्वेद की श्रेष्ठ औषधि रत्न हैं। आयुर्वेद में इनकी तासीर तर-गरम (अनुष्ण-शीत) मानी गई है।
- पीपल का बारीक पिसा हुआ चूर्ण आधा-आधा ग्राम, सवेरे-शाम शहद के साथ पंद्रह दिनों तक सेवन करने से भोजन में अरुचि, खांसी, दमा, हिचकी, गला बैठना तथा जुकाम में आशातीत लाभ मिलता है।
- पीपल से निर्मित होने वाला औषधि योग 'चौंसठ प्रहरी पीपल' भी दमा और खांसी पर बहुत अच्छा कार्य करता है। 'चौंसठ प्रहरी पीपल' के निर्माण के लिए 'पिप्पली चूर्ण' को खरल में लेकर, यथेष्ठ मात्रा में पीपल से बनाया हुआ काढ़ा मिलाकर 'चौंसठ प्रहर' अर्थात् आठ दिन एवं रात (लगातार) घुटाई (मर्दन) किया जाता है। उल्लेखनीय है कि यह चौंसठ प्रहरी पीपल हिचकी, क्षय, दमा, खांसी, विभिन्न उदर रोगों, जीर्ण ज्वर, पांडु, प्रमेह, वायु गोला (गुल्म), शूल, अर्श (बवासीर), प्लीहा का बढ़ना, गैस नहीं निकलना, पेट की अग्नि में कमी आना, आम-वात, कमर-दर्द, साइटिका (गृध्रसी) तथा विविध मूत्र विकारों की यह अचूक औषधि है।
- **विशेष**—पिप्पली का सेवन अधिक मात्रा में तथा अधिक दिनों तक नहीं करना चाहिए। अकेली पिप्पली का अधिक मात्रा में तथा अधिक समय तक उपयोग करने से इसमें विद्यमान स्निग्धता के कारण कफ का तथा उष्णता के कारण पित्त का प्रकोप हो जाता है। अत्यधिक स्निग्धता एवं उष्णता के कारण यह बढ़ी हुई वायु को भी पूरी तरह शांत नहीं कर पाती है, फलस्वरूप यह तीनों दोषों को बढ़ाकर 'अस्वस्थता' पैदा कर देती है।
- ऐसी ही एक अन्य कहावत भी लोक प्रचलित है—

छोटी पीपर शहद में, नित्य नियम सो खावै।
प्रातः निराहार मुंह जो खावे, दमा-श्वास मिट जावै।

दमा

सोंठ कुलंजन मिर्च वच पीपर पतरज पान।
इन्हें कूट गोली करे, श्वास-कास की हान।

सोंठ, कुलंजन, मिर्च (काली मिर्च), वच (वचा), पीपर (पिप्पली), पान (ताम्बूल) इन सबको कूट-पीसकर गोली बनाकर सेवन करने से दमा एवं खांसी को हानि पहुंचती है, अर्थात् दमा और खांसी ठीक हो जाते हैं।

1. सोंठ—सूखी हुई अदरक सोंठ कहलाती है। यह आयुर्वेद की सुप्रसिद्ध औषधि है। अपने विशिष्ट गुणों से यह हमारे सारे शरीर के संगठन को सुधारकर जीवनी शक्ति तथा रोग-प्रतिरोध क्षमता को बढ़ाने में समर्थ होती है। इसके सेवन से हृदय, मस्तिष्क, उदर, वात-संस्थान, मूत्र-पिंड एवं रक्तबद्ध अवयवों पर अनुकूल असर पड़ता है तथा इनसे संबंधित अवयवों की अव्यवस्थाएं एवं विकृतियां दूर होती हैं। आयुर्वेद के हजारों औषध योगों में सोंठ मिलाई जाती है। 'त्रिकुट' नामक औषधि में भी सोंठ मिलाई जाती है। तालीशादी चूर्ण, लवंगादि, हिंग्वाष्टक चूर्ण, पंककोल चूर्ण में भी प्रधान-घटक सोंठ होती है।

- सोंठ का वानस्पतिक नाम जिंजीबर ऑफिशिनेल है। अंग्रेजी में इसे ड्राई जिंजर कहा जाता है। अदरक को फ्रेश जिंजर कहा जाता है। आयुर्वेद के अनुसार सोंठ में लघु, स्निग्ध, कटु, गुण बताए गए हैं। इसकी तासीर गरम होती है। तासीर में गरम होने के कारण यह कफ एवं वायु विकारों को शांत करती है। कटु एवं स्निग्ध होने के कारण यह कफ का नाश करने में समर्थ होती है तथा दमा रोग में आराम देती है।

2. कुलंजन—इसके गुणों का वर्णन इसी अध्याय में कंठ-कोकिला क्रमांक 1 शीर्षक के अंतर्गत किया जा चुका है।

3. काली मिर्च—इसका वानस्पतिक नाम 'पाइपर-नाइग्रम' है, इसकी फेमिली पाइपरेसी है। अंग्रेजी में इसे 'ब्लैक पीपर' कहा जाता है। इसकी तासीर गरम है। इसमें लघु एवं तीक्ष्ण गुण पाए जाते हैं तथा इसका रस कटु है। तासीर में गरम होने के कारण काली मिर्च वायु तथा कटु, रूक्ष और तीक्ष्ण होने से कफ को शांत करती है। यह कफ को छांट-छांट कर शरीर से बाहर कर देती है। जुकाम, खांसी और दमे को ठीक करने हेतु इसका पर्याप्त उपयोग किया जाता है।

- **विशेष**—काली मिर्च में चूंकि तीक्ष्णता पाई जाती है, इसीलिए यह शरीर के समस्त स्रोतों से 'मलों' को बाहर निकालकर स्रोतों की शुद्धि कर देती है। ऐसा विशिष्ट गुण आयुर्वेद की चुनिंदा औषधियों में ही है, जिनमें काली मिर्च प्रमुख है।

4. वच—वच के बारे में अधिक जानकारी सिर के रोग शीर्षक के अंतर्गत वाक्शक्ति प्रकरण में दी गई है। पाठक देख सकते हैं। कफ एवं वायु को शांत करने के गुण-विशिष्ट के कारण यह खांसी और दमा को शांत करती है तथा कंठ के स्वास्थ्य के लिए असीम हितकर है। वायु एवं कफ के कारण पैदा होने वाली खांसी, जुकाम, कंठ की सूजन, गला बैठना (स्वर-भेद) में इसका सेवन करने से बेहद आराम मिलता है। इन रोगों में वच का टुकड़ा मुंह में रखकर चूसने से भी आराम मिलता है।

5. पीपल के गुणों के बारे में इसी अध्याय में जानकारी विस्तार से दी जा चुकी है।

6. पतरज तेजपात को कहते हैं। आयुर्वेद में तेजपात को कफ शांत करने वाला कहा गया है। यह खांसी और दमा की भी अच्छी औषधि है।

जुकाम

यदि अभिलाषा ह्रदय की,
कबहुं न होय जुकाम।
पानी पीवे नाक से,
पहुंचावे आराम!

यदि आप चाहते हैं कि आपको कभी जुकाम नहीं हो, तो नाक से पानी पीना आरंभ करने से आराम मिलता है।

1. कहावत में बताई गई नाक से पानी पीने की सलाह वस्तुतः योग की एक क्रिया है, जिसे 'जल नेति' कहा जाता है।

- 'हठ-योग प्रदीपिका' नामक योग विषयक ग्रंथ में लिखा है कि नेति करने से कपाल शोधन होकर नेत्रों की दृष्टि क्षमता बढ़ जाती है तथा कंठ से ऊपर होने वाले अनेक रोग दूर हो जाते हैं।
- आयुर्वेदीय ग्रंथ 'योग-रत्नाकर' के अनुसार प्रातःकाल उठकर जो व्यक्ति नित्य नासिका छिद्रों द्वारा जल पीता है, वह बुद्धिमान हो जाता है, उसकी नेत्र-ज्योति 'गरुड़' के समान हो जाती है। उसके बाल न तो गिरते हैं और न ही सफेद होते हैं। वह व्यक्ति समस्त रोगों से मुक्त रहता है।

यकृत एवं प्लीहा के रोग

पीलिया

> 1. *सूरजनामी रूंखड़ो, जिणरी कोंपल एक।*
> *दिनां तीन में काढ़ दें, पीला ज्वर री रखे!*

यह एक राजस्थानी कहावत है। राजस्थान के ग्राम्यांचलों में आज भी यह बहु प्रचलित है। इसका अर्थ है सूरज के समान नाम वाले पौधे की एक कोंपल खा लेने से तीन दिन में पीलिया रोग दूर हो जाता है।

1. 'सूरज' का पर्यायवाची शब्द है 'अर्क'। अर्क की जुड़वा कोंपल लेकर, उसके बारीक टुकड़े कर लें। इन टुकड़ों को पान में रखकर तीन दिन तक सवेरे खाली पेट सेवन कराएं। अर्क का वानस्पतिक नाम 'कैलोट्रोपिस प्रोसेरा' है।

> 2. *चना चबैना खाय लै।*
> *पीरिया भजाय दै।*

अर्थात् चना-चबैना खाया कर! इससे पीलिया भाग जाएगा।

1. 'चने' रूखे होने के कारण पीलिया रोग में पथ्य बतलाए गए हैं। पीलिया में घी, तेल तथा चिकनाई वाला आहार सेवन करना सर्वथा निषिद्ध कहा गया है। हलका आहार पीलिया रोगी के लिए परम लाभकारी होता है। काला चना कोलेस्टेरॉल में कमी लाने के विशिष्ट गुण के कारण सुप्रसिद्ध है। चबैना से अभिप्राय है—मुरमुरे, भुने हुए मटर, भुने हुए जौ, चिवड़े आदि। संस्कृत में इन्हें लाजा-धान्य कहा गया है।

2. आयुर्वेद के अनुसार भुने हुए चने रूखे, कफ का नाश करने वाले तथा प्रमेह (डायबिटीज) के लिए परम पथ्य होते हैं। आहार विशेषज्ञों के अनुसार भुने हुए चनों के सेवन से ऐलोपैथिक दवाओं के सेवन से पैदा हुए विविध दुष्प्रभावों से सहज ही शरीर को मुक्ति मिल जाती है। प्रसंगवश उल्लेखनीय है कि भुने हुए चनों में कार्बोहाइड्रेट की अंतिम परिणति 'पायरूव्हेट' पैदा हो जाती है, जिसके प्रभाव से शरीर में ग्लूकोज एवं कॉलेस्टेरॉल इकट्ठा नहीं हो पाता है। भुने चने हृदय को असीम शक्ति प्रदान करते हैं। इनसे रक्तचाप नियंत्रित होता है। हृदय की धमनियों में कॉलेस्टेरॉल नहीं जम पाता है। नियमित रूप से एक मुट्ठीभर चने खूब चबा-चबाकर सेवन करते रहने से हृदयाघात (हार्ट अटैक) से बचाव होता है। जो लोग चबाकर खाने में असमर्थ हैं, उन्हें भुने हुए चनों का पाउडर सेवन करना चाहिए।

भुने हुए चनों में शक्ति प्रदान करने वाले तत्त्व विद्यमान रहते हैं। अकेले भुने हुए चनों का नियमित सेवन करते रहने से शरीर की दुर्बलता दूर होती है।

3. मानो मोरी सीख। पीलिया में ईख।

मेरी सलाह मानो तो पीलिया रोग में ईख का प्रयोग करो।

1. पीलिया—यह प्रधान रूप से पित्त दोष से पैदा होने वाली व्याधि है। इस रोग में विविध कारणों से व्यक्ति के शरीर में बढ़े हुए वायु आदि दोष रक्त को दूषित करके त्वचा को पांडु रंग का बना देते हैं। रोगी का वर्ण 'श्वेताभ-पीत' हो जाता है। आयुर्वेद ने 'रंजक-पित्त' के विकार को ही 'पीलिया (पांडु रोग)' कहा है। इस रोग में रोगी के दांत, नाखून, नेत्र पीले रंग के होने लगते हैं, यही इसकी प्रमुख पहचान है।

2. ईख—इसे संस्कृत भाषा में इक्षु, भूरि-रस, मधु-तृण इत्यादि नामों से जाना जाता है। हिन्दी में इसे ईख, गन्ना कहते हैं। गन्ने का वानस्पतिक नाम 'सैकरम-ऑफिसिनेरम' है। अंग्रेजी में इसे 'सुगरकेन' कहते हैं। आयुर्वेद में 'तृण-पंचमूल' के अंतर्गत ईख का परिगणन किया गया है।

- ईख मधुर, गुरु (भारी), ठंडी, वीर्य बढ़ाने वाली, स्निग्ध तथा बल-दायक, जीवन-शक्ति दात्री, वायु एवं पित्त का नाश करने वाली, पेशाब, कफ तथा उदर-कृमि को पैदा करती है।
- कब्ज, पीलिया तथा पुराना पीलिया (कामला) की यह अव्यर्थ औषधि है। पीलिया से पीड़ितों के लिए ईख सेवन करने की एक आसान विधि यहां पर प्रस्तुत की जा रही है—

  ईख के टुकड़े करके, रात के समय छत पर ओस में रखें। सवेरे निराहार ही उसका रस चूसकर सेवन करें। तीन-चार दिनों के प्रयोग से ही आशातीत लाभ मिल जाएगा। इस प्रयोग से शीत-ज्वर, जीर्ण-ज्वर के रोगियों को भी आराम मिलता है। शरीर में बढ़ा हुआ पित्त शांत हो जाता है। शरीर को शक्ति प्रदान होती है। जठराग्नि बढ़ने लगती है। यह हृदय के लिए परम हितकर है। रक्त-पित्त एवं रक्त विकार भी इस प्रयोग से दूर हो जाते हैं। सवेरे निराहार सेवन करने पर ही ये सब लाभ प्राप्त हो सकेंगे, अन्यथा नहीं।

ध्यान दीजिए—श्वास (दमा), प्रमेह (सुगर), दुर्गन्धयुक्त जुकाम पीड़ितों को उक्त प्रयोग नहीं करना चाहिए।

यकृत-प्लीहा शोथ (सूजन)

लीवराय पीडाम् किम् , दुख पावे मतिहीन वैद्य।
गोमूत्रेण सेक, दव, सुख पावे सद्य।

(बंगला कहावत)

ईंट को आग पर खूब तपाकर, गौ-मूत्र में इसे बुझाकर, कपड़े में लपेटकर यकृत (लीवर) तथा प्लीहा (Spleen) की सूजन पर सेक करने से लाभ हो जाता है।

जिगर की मजबूती के लिए

काहू कुल्फा कासनी, बीच में डालो मकोय।
कुंडी डंडा घोट लय, पिये सो 'जिगरा' होय।

काहू, कुल्फा, कासनी तथा मकोय को घोट-पीसकर पीने से जिगर (लीवर) मजबूत हो जाता है।

1. काहू और कुल्फा इसी नाम से पंसारियों के यहां सुलभ हैं।

2. कासनी—यह कम्पोजिटी फेमिली का औषधीय पौधा है, जिसका वानस्पतिक नाम 'साइकोरियम इंटीबस' है। अंग्रेजी में इसे एंडिव तथा चिकोरी नामों से जाना जाता है। आयुर्वेद में इसके पत्ते, जड़ तथा बीजों का उपयोग चिकित्सा कार्य के लिए किया जाता है। बाजारों में अत्तारों के पास 'कासनी का अर्क' भी मिलता है, जिसे 'अर्क कासनी' कहते हैं।

❑ कासनी को आयुर्वेद में गरम तासीर वाली औषधि माना गया है। स्वाद में यह बिल्कुल तिक्त (तीती/कड़वी) है। पचने में यह हलकी तथा रूखी है। यह अपने प्रभाव से कफ एवं पित्त को शांत करती है। यकृत (जिगर) तथा प्लीहा (तिल्ली) के रोगों की यह अचूक औषधि मानी गई है। भूख नहीं लगना, पीलिया, पित्त-बढ़ना, बार-बार पानी पीने पर भी प्यास नहीं बुझना इत्यादि रोगों के उपचार में भी यह सफलता पूर्वक उपयोग में लाई जाती है।

3. मकोय—यह औषधीय पौधा समस्त भारत में सात हजार फीट की ऊंचाई तक पैदा होता है। सोलेनेसी फेमिली के इस पौधे का वानस्पतिक नाम 'सोलेनम-नाइग्रम' है। संस्कृत भाषा में इसे 'काकमाची' कहा गया है। अंग्रेजी में इसे 'ब्लैक नाइट शेड' कहा जाता है।

❑ आयुर्वेद में मकोय को तर-गरम (अनुष्ण) माना गया है। इसका स्वाद भी नितांत तिक्त (तीता) होता है। यह पचने में हलकी होती है। मकोय का

सेवन करने से भूख खुलकर लगती है। उदर की अग्नि प्रदीप्त हो जाती है। यकृत को उत्तेजना प्राप्त होती है। पित्त का उचित स्राव होने लगता है। इससे दस्त खुलकर आता है। यकृत के कारण पैदा हुई सूजन (सोजिश) को भी यह दूर कर देती है। यकृत बढ़ने तथा प्लीहा बढ़ने जैसी शिकायतें भी मकोय का नियमित सेवन करने से सुगमता पूर्वक दूर हो जाती है।

- मकोय के पत्ते, फूल, मूल, त्वक्, कांड (पंचांग) तथा फल चिकित्सा-कार्य में मिश्रित रूप से उपयोग में लिए जाते हैं। 'मकोय' से बना हुआ अर्क भी बाजारों में सुलभ होता है।

पेट के रोग

अजीर्ण (इन्डाइजेशन)

नीबू आधा काटिए,
सेंधा नमक मिलाय।
भोजन प्रथमहिं चूसिए,
सो अजीर्ण मिट जाय।

आधा नीबू काटकर, उस पर सेंधा नमक बुरककर भोजन से पहले चूस लेने से अजीर्ण (इंडाइजेशन) की शिकायत दूर हो जाती है।

1. नीबू—नीबू के सुंदर पीले रंग तथा उसकी खुशबू ने हमेशा ही मनुष्य को लुभाया है। भोजन में रुचि पैदा करने वाले विशिष्ट गुणों के कारण ही नीबू को संस्कृत भाषा 'रुचक' कहा जाता है। नीबू के रस में 'साइट्रिक एसिड' प्रचुरता में मिलता है। आयुर्वेद-चिकित्सा-विज्ञान नीबू को श्रेष्ठ औषधि के रूप में स्वीकार करता है। नीबू के छिलके, फूल, फल तथा जड़ों का विभिन्न रोगों के उपचार में बखूबी उपयोग किया जाता है। नीबू के रस में जीवन-पोषक तत्त्व अन्य फलों की अपेक्षा अधिक मात्रा में उपस्थित होता है।

- रात के समय सोते समय मुंह से लार गिरने की शिकायत से परेशान लोगों को नीबू का रस निचोड़कर पीने से 'कब्जियत' दूर होने लगती है, आंतों को बल मिलता है। गरम पानी में नीबू का रस, सेंधा नमक तथा काली मिर्च डालकर पीने से 'मुंह में लार आने की समस्या' सहज ही दूर हो जाती है।
- पित्त बढ़ने के कारण भोजन के पश्चात् होने वाली उल्टी, मितली को दूर करने के लिए ताजा नीबू का रस, मिस्री मिलाकर रोगी को पिलाने से आशातीत लाभ होता है।

- अमेरिका के सुविख्यात प्राकृतिक चिकित्सक '**डॉ बर्नर मैकफेडन**' अपनी अनूठी 'दुग्ध चिकित्सा' में नीबू का प्रयोग भी शामिल किया करते थे। उनका यह मानना था कि जिन लोगों को दूध अनुकूल नहीं पड़ता, उनके लिए नीबू का प्रयोग अत्यन्त उपयोगी सिद्ध होता है। उनकी इस चिकित्सा में जब रोगी को 'दुग्ध-कल्प' कराया जा रहा होता है एवं कुछ समय पश्चात् जब दूध पचने में रोगी को कठिनाई होने लगती है तथा रोगी को दूध के प्रति घृणा हो जाती है, उस समय रोगी का दूध बंद करके, उसे केवल नीबू के रस पर रखा जाता है। कुछ दिन नीबू के सेवन से रोगी की पाचन क्रिया अच्छी काम करने लग जाती है।

2. सेंधा नमक—यह पंसारियों के पास सुलभ होता है। अंग्रेजी में इसे 'रॉक साल्ट' कहते हैं। रासायनिक दृष्टि से यह 'सोडियम क्लोराइड' है।

- सेंधा नमक स्वादिष्ट, भूख बढ़ाने वाला, तासीर में ठंडा, यौन-शक्तिवर्धक, तथा तीनों दोषों (वायु, पित्त एवं कफ) को शांत करने वाला है।

भोजन में अरुचि (भूख नहीं लगना)

किशमिश एक छटांक ले, दीजे रात्रि भिगोय।
प्रातः नमक संग खाइए, काली मिर्च मिलाय।

रात को एक छटांक किशमिश लेकर पानी में भिगो दें। सवेरे काली मिर्च और काले नमक का पाउडर बुरककर ये किशमिश खा लें। इस प्रयोग से भूख खूब खुलकर लगने लगती है।

पेट-दर्द (उदर-शूल)

1. ***पीपर, सोंठ, हरीतकी, सोंचर त्रिवी समान।***
तप्तोदक सों पीजिए, नाश शूल को जान।

पीपल (मघ), सोंठ, हरड़, सोंचर नमक को समान मात्रा में लेकर गरम पानी से पी लेने शूल (उदर-शूल) नष्ट हो जाता है।

1. पीपल—(पिप्पली-पाइपर लोंगम)—आयुर्वेद के अनुसार यह कटुरस वाली होने से जठराग्नि को प्रदीप्त करती है। भोजन के प्रति रुचि बढ़ाती है। स्निग्ध एवं उष्ण होने के कारण वायु को शरीर से बाहर निकालती है। पेट-दर्द को शांत करती है, हलकी दस्तावर है। कटु (चरपरी, तीखी) एवं गरम होने से पेट के कीड़ों से भी मुक्ति दिलाती है।

2. सोंठ—यह भूख नहीं लगना, उल्टी होना, अपच, अफारा, पेट-दर्द इत्यादि उदर विकारों की अचूक औषधि है।

3. हरीतकी—यह 'टर्मिनेलिया चेबुला' है। संस्कृत में इसे अभया, पथ्या, शिवा इत्यादि नामों से बखूबी जाना जाता है। अंग्रेजी में 'चेबुलिक मायरोबेलन' कहा जाता है। हरड़ जठराग्नि की मंदता, पेट-दर्द, अफारा, वायुगोला, कब्ज, उदर-रोग, यकृत, प्लीहा, कृमि इत्यादि रोगों की उत्तम औषधि है। ग्रहणी रोग में इसे उबालकर दिया जाता है। जठराग्नि में मंदता की शिकायत होने पर इसे मुंह में रखकर चबाने की सलाह दी जाती है। कब्ज में इसका चूर्ण सेवन किया जाता है, त्रिदोषज विकारों में भूनकर इसका सेवन किया जाता है।

2. सोंचर नमक—यह नीले रंग का विशिष्ट गंध वाला नमक है। आयुर्वेद में वायुगोला, शूल, कब्ज, उदावर्त्त तथा हृदय रोगों में इसका उपयोग किया जाता है।

2. ***तोला गुड़ प्राचीन लै, चूना मासा चार।***
दोउ मिलाय के खाइए, पेट-दर्द दे तुरत निकार।

एक तोला पुराना गुड़ लें तथा चार माशा चूना लें। दोनों को मिलाकर खा जाएं। पेट-दर्द में तुरंत आराम हो जाएगा।

1. पुराना-गुड़—आयुर्वेद में पुराने गुड़ को हलका, पथ्य, जठराग्नि बढ़ाने वाला, शरीर को पुष्टि प्रदान करने वाला, पित्त का शमन करने वाला, मीठा, यौन-शक्ति को बढ़ाने वाला, वायु-शामक तथा रक्त को शुद्ध करने वाला बताया गया है। इसमें खास बात यह भी है कि पुराना गुड़ नये गुड़ की भांति रसवाही स्रोतों को अवरुद्ध करके शरीर में गौरव (भारीपन) लाने वाला नहीं होता है।

2. चूना—यह कैल्शियम का यौगिक है। अंग्रेजी में इसे लाइम कहा जाता है। आयुर्वेद के अनुसार चूना आहार को पचाता है। इसका सेवन करने से अम्ल का नाश हो जाता है। अपच, उल्टी, दस्त, पेट-दर्द, अम्लपित्त इत्यादि विकारों की यह अव्यर्थ औषधि है।

आंतों के रोग

कब्ज

स्याह नौन हरड़े मिला,
इसे खाइए रोज।
कब्ज गैस क्षण में मिटै,
सीधी-सी है खोज!

स्याह नौन (काला नमक) को हरड़ के साथ मिलाकर नियमित सेवन करने से कब्ज और गैस की शिकायतें दूर हो जाती हैं। यह साधारण-सा प्रयोग है, मगर बेहद प्रभावशाली है।

वमन (उल्टी)

नीबू के छिलके सुखा,
बना लीजिए राख।
मिटै वमन मधु संग ले,
बढ़ै वैद्य की साख!

नीबू के छिलके सुखाकर, जलाकर भस्म (राख) बना लें। इस भस्म को शहद (मधु) के साथ सेवन करने से उल्टी की शिकायत दूर हो जाती है।

मात्रा—एक से तीन ग्राम, दिन में पांच से छह बार।

गुरदों के रोग

मूत्र-रोग

1. *बारहसिंघा श्रृंग को शीतल जल घिस लेइ।*
नाभि मध्य लेपन करे तो मूत्र प्रवाह करेइ।

बारह सींगा के सींग को ठंडे पानी में घिसें (चंदन की तरह), इसे नाभि के बीच में लेपकर देने से पेशाब खुलकर आने लगता है।

1. इसे संस्कृत में मृग-श्रृंग कहा गया है। न्यूमोनिया, फेफड़ों की सूजन, पसलियों में दर्द, इत्यादि वेदना-युक्त विकारों पर इसका प्रयोग किया जाता है। आयुर्वेद में हृदय शूल, वायु विकारों, खांसी, दमा इत्यादि विकारों पर इसका प्रयोग किया जाता है।

2. *त्रिफला, सेंधा, गोखरु, बीज कर्कटी पाई।*
तप्तनीर सों पीजिए, मूत्र रोग न रहाई।

त्रिफला चूर्ण, सेंधा नमक, गोखरू तथा ककड़ी के बीज पीसकर, काढ़ा बनाकर पिएं। इससे पेशाब की बीमारियां दूर हो जाती हैं।

1. गोखरू—यह जाइगोफिलेसी फेमिली का पौधा है। इसका वानस्पतिक नाम 'ट्रिबुलिस-टिरेस्ट्रिस' है। संस्कृत में इसे 'गोक्षुर' श्वदंष्ट्रा, (कुत्ते की दाढ़ के

समान तीखे कांटों वाला) कहा जाता है। अंग्रेजी में इसे लैंड-केल्ट्रॉप्स नामों से जाना जाता है। यह जमीन पर फैलने वाला पौधा है। इसका फल जो तीन कांटों से परिपूर्ण होता है, उसी का उपयोग चिकित्सा कार्यों में होता है।

- आयुर्वेद में इसे अश्मरी (पथरी) को नष्ट करने वाला तथा मूत्रल (डाइयूरेटिक) कहा है। गोखरू में प्रचुर मात्रा में पोटेशियम क्लोराइड विद्यमान होता है, जिससे पेशाब खुलकर आता है। 'चरक संहिता' में गोखरू को मूत्रकृच्छ्र (पेशाब की रुकावट) तथा वायु को हरने वाली औषधियों में सर्वश्रेष्ठ कहा है। सुश्रुत-संहिता के अनुसार गोखरू के बीजों का चूर्ण, शहद के साथ भेड़ी के दूध के अनुपान से सेवन करते रहने से एक सप्ताह में पथरी (अश्मरी) टूटकर बाहर आ जाती है। आचार्य भाव मिश्र ने भी भावप्रकाश में गोखरू को अश्मरी का हरण करने वाला तथा मूत्र को खुलकर प्रवृत्त करने वाला कहा है।
- 'गोखरू' की गणना आयुर्वेद में 'दशमूल' में भी की जाती है।

2. ककड़ी के बीज—ये पेशाब का प्रचुर निर्माण करते हैं, ठंडे, रूखे, पित्त-रक्त एवं पेशाब की रुकावट को दूर करते हैं। ककड़ी के बीज से यहां पर अभिप्राय 'खीरा-ककड़ी' से ही है। खीरे का वानस्पतिक नाम कुकुमिस-सेटाइवस है जो कुकुर्बिटेसी फेमिली से संबंधित है। महर्षि सुश्रुत ने बाल (कोमल) खीरे को जो विशेष गुणकारी तथा पित्त-शामक बताया है। लोक-व्यवहार में कच्चे खीरे में उपस्थित मूत्रल (डाइयूरेटिक) तथा पित्तशामक गुणों के कारण इसे 'बालम खीरा' कहा गया है। खीरा मूत्र के समस्त अवरोधों को दूर करता है, मूत्र-पथ की पथरी से मुक्ति दिलाता है, पेशाब के साथ रक्त आना, पेशाब में जलन होना, यूरीमिया (मूत्र-विषमता)मूत्राघात, प्रोस्टेट बढ़ना, मूत्रनलिका शोथ इत्यादि विकारों की अचूक औषधि है।

प्रमेह

रस गिलोय निकाल के,
पीजे सहद मिलाय।
सब प्रमेह का दुख हरै,
प्रात समय जो पाय।

प्रातःकाल गिलोय का रस निकालें। उसमें शहद मिलाकर पी जाएं। इस प्रयोग से सभी प्रकार के प्रमेह रोगों से मुक्ति मिलती है। मात्रा-15 से 30 मिलीलीटर।

1. **प्रमेह क्या है ?** अत्यधिक या बार-बार और प्रायः गंदले मूत्र का त्याग करना ही आयुर्वेद में प्रमेह कहा गया है। सभी प्रकार के प्रमेहों में अनिवार्य रूप से मूत्र-बह संस्थान की विकृति होती है। आयुर्वेद में प्रमेह के 20 भेद किए गए हैं। प्रमेह में श्लेष्मा नामक दोष अवश्य विकृत होता है। जिस प्रमेह में क्षार के समान मूत्र आता है, उसे क्षारमेह कहा गया है। जिस प्रमेह में काले रंग का मूत्र आता है, उसे कालमेह तथा नीले रंग का आता हो तो वह नीलमेह, हरिद्रा के समान आता हो तो हारिद्रमेह, मंजिष्ठा के समान लाल वर्ण का आता हो तो मंजिष्ठमेह, रक्त मिला हुआ मूत्र आता हो तो रक्तमेह कहलाता है। मज्जा के समान मूत्र प्रवृत्ति को मज्जमेह, मूत्र के साथ ओज की प्रवृत्ति ओजमेह, मूत्र के साथ वसा की प्रवृत्ति को वसामेह तथा लसीका की प्रवृत्ति लसीकामेह कहलाती है। इसी प्रकार जल के समान जब मूत्र आता है, तो उसे उदकमेह कहा जाता है, गन्ने के रस के समान मूत्र इक्षुमेह, गाढ़े मूत्र वाला सान्द्रमेह, शुक्र के साथ मूत्र का आना शुक्रमेह, ठंडे मूत्र का आना शीतमेह, लार की भांति मूत्र आना लालामेह, धीरे-धीरे मूत्र का आना शनैमेह, श्वेतवर्ण का मूत्र आना शुक्लमेह तथा मूत्र में बालू के समान कण निकलने को सिकतामेह की संज्ञा दी जाती है।

2. प्रमेह क्यों होता है ?—प्रमेह रोग पैदा होने के प्रमुख कारण इस प्रकार हैं—

- बिस्तर पर आराम से पड़े रहना
- अधिक सोना
- अत्यधिक एवं अंधाधुंध दही का सेवन करना
- बकरा, मछली, भैंसा आदि जानवरों के मांस-रस का अतिशय सेवन
- अधिक दूध पीना
- नए अन्न का सेवन करना
- गुड़ से बने हुए खाद्य पदार्थों का अधिक सेवन करना।

3. गिलोय—आयुर्वेद में गिलोय को अति महत्त्वपूर्ण स्थान प्राप्त है। यह एक बहुवर्षीय झाड़ीदार लता है, जो नीम, आम आदि वृक्षों पर कुंडलाकर चढ़ती है। फेमिली मेनिस्पर्मेसी है। वानस्पतिक नाम टिनोस्पोरा कॉर्डिफोलिया है। पत्ते हृदय की आकृति लिए होते हैं। भारत में 1000 फीट की ऊंचाई तक यह प्राप्त होती है। संस्कृत में इसे गुडुचि, मधुपर्णी, अमृता, छिन्नरुहा, चक्र-लक्षणिका इत्यादि नामों से जाना जाता है। हिन्दी में गिलोय, गुडिच, बंगला में गुलञ्च, मराठी में गुलवेल, गुजराती में गले, तमिल में शिण्डिल कोडि, तेलुगु में टिप्पाटिगो तथा अरबी में गुलञ्च कहा जाता है।

- गिलोय की तासीर गरम होती है। यह तीनों 'दोषों' (वायु, पित्त और कफ) को शांत करती है। सभी प्रकार के प्रमेहों की अच्छी औषधि है, लेकिन मधुमेह (डायबिटीज) पर तो यह अमृत जैसा कार्य करती है। ताजी गिलोय का ही प्रयोग करना चाहिए। मधुमेह चूंकि कफ विकार है, इसीलिए इस कहावत में भी अनुपान शहद बताया गया है। आयुर्वेद के आचार्य भावमिश्र ने भी इसे प्रमेह हर कहा है। राज-निघंटु नामक ग्रंथ में भी इसे प्रमेह की औषधि कहा गया है। गिलोय में तिक्त और कषाय रस पाए जाते हैं। तृष्णा, वमन, अरुचि (भूख न लगना), पेट दर्द, पीलिया, अम्लपित्त (एसिडिटी), इत्यादि रोगों की भी यह अचूक औषधि है।

रतौंधी

1. *अदरक तथा प्याज रस*
सिर्स पात रस लाय।
रोग रतौंधी दूर हो
नेत्रन इक माह लगाय।

अदरक, प्याज का रस तथा सिरस के पत्तों का रस मिलाकर नेत्रों में अंजन करने से (एक महीने तक) रतौंधी रोग दूर हो जाता है।

1. रतौंधी ? संस्कृत एवं आयुर्वेद में इसे रात्र्यान्ध्य कहा जाता है। इससे पीड़ित व्यक्ति रात के समय बिल्कुल नहीं देख पाता है। इसे 'नाइट ब्लाइंडनेस' भी कहा जाता है। यह स्थिति विटामिन ए की कमी से हो सकती है। यह नेत्रगत रेटिना की कोशिकाओं की विकृति के कारण होता है, जिसे 'रॉड' कहा जाता है। यही कोशिकाएं रात के समय नेत्रों को देख पाने की क्षमता प्रदान करती हैं।

2. आयुर्वेद के अनुसार प्याज का रस दृष्टि-शक्ति को बढ़ाता है। दृष्टि-शक्ति बढ़ाने के लिए अकेले प्याज के रस को शहद के साथ मिलाकर भी अंजन किया जाता है।

3. 'सिर्स' शिरीष का अपभ्रंश है। शिरीष का वृक्ष 50 से 60 फीट तक ऊंचा, प्राय: सड़कों के किनारों पर लगा होता है। दीपावली, दशहरा इत्यादि अवसरों पर घर के मुख्य द्वार पर शिरीष के पत्ते लगाए जाते हैं। इसका वानस्पतिक नाम 'ऐलबिज्जिया लिबेक' है। हिंदी में इसे सिरस, बंगला में शिरीष, मराठी मे शिरीस, गुजराती में सरसडो, पंजाबी में शरीं, तमिल में वेगिआइ, तेलुगु में दिरासना, कन्नड में बागेमारा, मलयालम में वागा तथा अरबी में सुल्तानुल अश्जार नामों से जाना जाता है।

संस्कृत में इसे शिरीष एवं शुकप्रिय कहा जाता है। यह लेग्युमिनोसी फेमिली का वृक्ष है, जिसका उपकुल मामोसाइडी है। इस वृक्ष की छाल, बीज, पत्ते एवं फूलों का उपयोग चिकित्सा कार्यों में किया जाता है। आयुर्वेद के अनुसार भी रतौंधी में इसके पत्तों का रस नेत्रों में डालते हैं तथा बीजों को घिसकर भी काजल की भांति अंजन लगाया जाता है। यह नेत्रों के स्वास्थ्य के लिए असीम हितकर औषधि है। आयुर्वेद के अनुसार यह तीनों दोषों को शांत करता है। तासीर में गरम होने से यह वायु कारक तथा कसैला, तीता (तिक्त) रस वाला होने से पित्त एवं कफ नामक दोषों को शांत करता है। यह 'विष' की भी उत्तम औषधि है।

2. *पात कसौंदी विष हरै, जड़ से सांप डराय।*
फल से डरता बाघ है, फूल रतौंधी जाय।

कसौंदी के पत्ते विष का हरण करते हैं, इसकी जड़ से सांप डरता है, फल से बाघ डरता है तथा फूलों से रतौंधी रोग दूर होता है।

1. यह लेग्यूमिनोसी फेमिली तथा सीजलपिनिआयडी उपकुल की वनस्पति है। इसका वानस्पतिक नाम 'कैसिया औक्सीडेंटलिस' है। खांसी की उत्तम औषधि होने के कारण इसे निग्रो कॉफी कहा जाता है। हिन्दी में इसे कसौंदी, बंगला में केसेन्दा, मराठी में कासविदा, गुजराती में कासोंदरी, तमिल में पेयोवेरी, तेलुगु में कासिन्द नामों से जाना जाता है। इसका पौधा 2 से 4 फुट तक ऊंचा होता है। यह वर्षा ऋतु में खुद-ब-खुद पैदा हो जाता है। पौधे में से दुर्गन्ध आती रहती है। शरद ऋतु में पुष्प तथा हेमन्त में फल आते हैं। भारत में यह प्राय: सभी जगहों पर पाया जाता है।

2. आयुर्वेद में भी इसे विष नाशक (विषघ्न) कहा गया है। इसकी जड़ का प्रयोग बिच्छू के विष पर किया जाता है। 'गांवों में औषध-रत्न' नामक ग्रंथ के अनुसार कसौंदी के पत्तों को दूध में पीसकर, गरम करके पुल्टिस बनाकर आंखों पर बांध देने से आंखों की वेदना शांत होती है और आंखों से लाली टूटकर आंखें स्वच्छ हो जाती हैं। काली कसौंदी (केसिया पर्प्युरिया) की जड़ को पानी में घिसकर बिच्छू के काटे स्थान पर लेप करते हैं। सर्प विष पर इसकी जड़ और काली मिर्च को घी में मिलाकर पिलाते हैं।

दुर्बलता

हरड़-बहेड़ा-आंवला
घी-शक्कर में खाय।
हाथी दाबै कांख में,
साठ कोस ले जाय।

घी और शक्कर के साथ हरड़, बहेड़ा व आंवले का चूर्ण सेवन करने से शरीर को असीम बल की प्राप्ति होती है। इतनी शक्ति बढ़ती है कि व्यक्ति हाथी को भी बगल में दबाकर साठ कोस तक ले जा सकता है।

1. हरड़, बहेड़ा तथा आंवला, घी और शक्कर समान मात्रा में मिलाकर सेवन किए जाने चाहिए। आयुर्वेद के अनुसार त्रिफला कफ एवं पित्त को शांत करता है, प्रमेह एवं कुष्ठ को दूर करता है। शरीर से विजातीय तत्त्वों को बाहर निकाल फेंकता है। नेत्रों के लिए अमृत के समान लाभप्रद है। भूख बढ़ाता है, भोजन के प्रति अरुचि को समाप्त कर देता है। विषम-ज्वर (मलेरिया) का समूल नाश करता है।

2. आयुर्वेद में त्रिफला की गणना 'रसायन' के अंतर्गत की जाती है। चरक संहिता के रसायन अध्याय में स्थान-स्थान पर 'त्रिफला' के रसायन प्रयोगों का उल्लेख किया गया है। प्रसंगवश उल्लेखनीय है कि जो द्रव्य शरीर के रस-रक्त इत्यादि समस्त धातुओं को बढ़ाकर हमारे शरीर की शक्ति एवं आयु को बढ़ा देते हैं, उन्हें 'रसायन' कहा गया है। शरीर की शक्ति बढ़ जाने से शरीर पर रोगों का आक्रमण नहीं हो पाता है, इसीलिए रसायन को बुढ़ापा एवं बीमारी दूर करने वाला तथा उम्र को स्थिर बनाने वाला भी कहा गया है। शरीर की अंदरूनी शक्ति बढ़ जाने से, शरीर पर रोगों का आक्रमण नहीं हो पाता है, इसीलिए 'रसायन' को बुढ़ापा एवं बीमारी दूर करने वाला तथा उम्र को स्थिर बनाने वाला भी कहा गया है। शरीर की अंदरूनी शक्ति बढ़ जाने तथा शरीर को अस्वस्थ बनाने वाले बाहरी कारणों का प्रतिषेध हो जाने से रसायन द्रव्यों का सेवन करने वाला व्यक्ति आजीवन शक्तिशाली एवं लंबी उम्र वाला होता है। महर्षि अग्निवेश के अनुसार त्रिफला का सेवन नियम पूर्वक करने से लंबी आयु, स्मरण-शक्ति, मेधा-शक्ति, तरुणाई, प्रभा, वर्ण, स्वर, उदारता, शरीर में अत्यधिक बल की प्राप्ति, वाक्‌सिद्धि (जो बोले वही सिद्ध हो जाए), कान्ति, लोक-वंदना। जनता ऐसे व्यक्ति को पूजती है। इत्यादि सद्‌गुणों की प्राप्ति होती है।

गुदा के रोग

अर्श (बवासीर)

गोमूत्र में हर्रे लघु, दो तोला पिसवाय।
गुड़ संग प्रातः खाइए, बवासीर मिट जाय।

गोमूत्र में छोटी हरड़ भिगो दें। दो दिन तक गोमूत्र में ही भीगी रहने दें। तत्पश्चात गोमूत्र से इन्हें बाहर निकालकर तथा पीसकर सवेरे गुड़ के साथ सेवन करने से बवासीर मिट जाती है।

1. गोमूत्र से हरड़ को बाहर निकालकर, एक-दो दिन छाया में अवश्य सुखाएं।
2. बवासीर रोग में गुदा की दीवारों में शिराएं विस्फारित हो जाती हैं तथा इनकी मल द्वार पर भी प्रस्तुति होने लगती है। यह रोग प्राय: लंबे कब्ज का परिणाम होता है।
3. प्रात:काल नियमित रूप से एक से तीन ग्राम पिसी हुई हरड़ का चूर्ण लें तथा इसमें थोड़ासा गुड़ मिलाकर सेवन करें।
4. बवासीर में पथ्य—मूंग, मसूर, मोठ, गेहूं, गाजर, बथुआ, मेथी, प्याज, चौलाई। छाछ, दूध भी सेवनीय। आंवला, अंगूर, अनार, पपीता भी अति लाभप्रद है।

अपथ्य—अत्यधिक गरम, तीखे, चरपरे (कटु), लवण एवं पचने में भारी आहार-द्रव्यों का सेवन करने से बचें। अधिक यात्रा हानिप्रद है।

वायु-रोग

असगंध शुंठी तिन सम जान,
सम नुस मेलहु खांडहु आन।
यह औषध घृत लीजै मिलाइ,
वात-व्याधि क्षण माहीं जाइ।

असगंध और सोंठ समभाग लें। इन दोनों के समान भाग खांड मिलाकर इस मिश्रण में घी मिलाकर सेवन करते रहने से वात-व्याधियां (वायु-रोग) जल्द ही दूर हो जाती हैं।

1. इस कहावत में एक क्षण में वायु रोग दूर होने वाली बात अतिशयोक्ति है। नियमित रूप से कुछ दिनों तक सेवन करने पर ही लाभ मिलता है।

- असगंध—यह सोलेनेसी कुल का पौधा है। इसका वानस्पतिक नाम 'विथैनिया-सोम्निफरा' है। संस्कृत भाषा में इसे अश्वगंधा कहा जाता है। इस पौधे की जड़ें ही औषधीय कार्य हेतु यहां पर प्रयोज्य हैं। तासीर में यह गरम होती हैं। कफ एवं वायु विकारों की यह अचूक औषधि है। राजस्थान के नागौर क्षेत्र की असगंध दुनिया भर में मशहूर है और इसमें अधिक गुणवत्ता पाई जाती है। पंसारियों से 'नागौरी-असगंध' नाम से खरीदी जा सकती है।
- नवीन अनुसंधानों के अनुसार अश्वगंधा श्रेष्ठ 'मूड फ्रेशनर' है। अश्वगंधा की जड़ें कोर्टीसोल हारमोन को शरीर में ही रोकते हुए तनाव से मुक्ति दिलाती हैं, इसलिए इसे 'एंटी-स्ट्रेस हर्ब' भी कहा जाता है। अनुसंधानकर्ताओं ने अश्वगंधा को उत्तम 'सिडेटिव' कहा है। इसमें पाया जाने वाला 'सोम्निफैरिक' नामक तत्त्व रक्तचाप को नियंत्रित करता है तथा अच्छी नींद लाता है। अश्वगंधा की जड़ों के बारीक चूर्ण का नियमित सेवन करने से चक्कर आना, नींद नहीं आना इत्यादि विकार सहज ही दूर हो जाते हैं। तत्काल शक्तिदायक होने से अश्वगंधा को **'इंडियन जिनसिंग'** भी कहा जाता है।

2. असगंध और सोंठ का कपड़-छन चूर्ण लिया जाना चाहिए।

3. यदि सौ ग्राम असगंध चूर्ण तथा सौ ग्राम सोंठ का चूर्ण लेते हैं, तो इसमें देशी खांड दो सौ ग्राम मिलाएं। औषधि का अनुपान घी बताया गया है। घी पित्त एवं वायु को प्रभावी ढंग से शांत करता है। चरक-संहिता में कहा गया है—

घृतं पित्तानिल हरं।

4. प्रात: निराहार (खाली पेट) इस औषधि का सेवन करें।

सोंठ सोहागा सेंधा गांधी।
सहिजन-रस में बरिया बांधी।
सत्तर-शूल और अस्सी बाय।
कहे धनन्तर छन में जाय।

सोंठ, सुहागा, सेंधा नमक और समुद्री नमक। इन चारों के चूर्ण में सहिजन के रस को मिलाकर गोलियां बांध लें। इन गोलियों का सेवन करने से अस्सी प्रकार की वायु तथा सत्तर प्रकार के शूल नष्ट हो जाते हैं। ऐसा स्वयं धन्वन्तरि भगवान ने कहा है।

1. सोंठ—तासीर में गरम होने के कारण आयुर्वेद में सोंठ को कफ़ एवं वायु को शांत करने वाली औषधि माना गया है। समस्त वात-व्याधियों में इसका उपयोग किया जाता है। आम-वात, सूतिका-वात की तो यह मशहूर औषधि है।

2. सोहागा—यह सोडियम बाइबोरेट है। अंग्रेजी में इसे 'बोरेक्स' कहा जाता है। संस्कृत में टंकण तथा सौभाग्य कहा गया है। आयुर्वेद में इसे कफ-वात शामक औषधि के रूप में स्वीकार किया जाता है। इसकी तासीर गरम होती है। इसलिए खासतौर पर गर्भावस्था में इसका सेवन नहीं करना चाहिए। इसमें कटु एवं लवण रस विद्यमान होते हैं।

3. सेंधा नमक — अंग्रेजी में इसे 'रॉक-साल्ट' कहते हैं। रासायनिक दृष्टि से यह 'सोडियम क्लोराइड' है। पंसारियों के पास 'सेंधा नमक' नाम से सुलभ होता है। सेंधा नमक स्वादिष्ट, भूख बढ़ाने वाला, अन्न को पचाने वाला, हलका (लघु), स्निग्ध (चिकना), रुचि बढ़ाने वाला, तासीर में ठंडा, यौन-शक्ति को बढ़ाने वाला, शरीर के सूक्ष्मतम हिस्सों तक प्रवेश करने वाला, नेत्रों के लिए हितकर तथा तीनों दोषों (वायु, पित्त एवं कफ) को शांत करने वाला है।

4. गांधी—गांधी से अभिप्राय महात्मा गांधीजी के प्रदेश गुजरात में पैदा होने वाले समुद्री नमक से है। गुजरात के तटवर्त्ती (जामनगर, द्वारका) इत्यादि क्षेत्रों से यह नमक निकाला जाता है। आयुर्वेद में समुद्री नमक को तीखा, मीठा, तर-गरम, जठराग्नि बढ़ाने वाला, कब्ज को दूर करने वाला तथा पेट की गैस को बाहर निकालने वाला बताया गया है।

5. सहिजन—यह मॉरिंगेसी फेमिली का वृक्ष है। वानस्पतिक नाम मोरिंगा-ओलिफरा है। संस्कृत भाषा में इसे शोभांजन (शोभायुक्त वृक्ष होने से), शिग्रु कहा जाता है। हिन्दी में सहिजन, मुनगा, बंगला में शजिना, पंजाबी में सोहांजना, मराठी में शेगटा, गुजराती में सरगवो, सेकटो, सिंधी में सुंहाजिडो, मारवाड़ी में सहजणों, तमिल में मुरुंगई, तेलुगु में मुनगा तथा अंग्रेजी में इसे हॉसरेडिश ट्री तथा ड्रमस्टिक प्लांट कहा जाता है।

- कफ और वायु से पैदा होने वाले रोगों की यह उत्तम औषधि है। नाड़ी दुर्बलता, पक्षाघात (अधरंग), चेहरे का लकवा (अर्दित-फेशियल पैरालायसिस) पर इसका प्रयोग किया जाता है। तीक्ष्ण एवं उष्ण होने से यह नाड़ियों को उत्तेजित करता है। यह कटु एवं उष्ण होने के कारण जठराग्नि को प्रदीप्त करता है, भोजन के प्रति रुचि बढ़ाता है, दोषों को पचाता है, शूल को शांत करता है, कृमियों का नाश करता है। हृदय की दुर्बलता तथा सोजिश (शोथ) पर भी यह उपयोगी है। चूंकि यह कफ का नाश करता है, इसलिए खांसी में भी इसका उपयोग किया जाता है। वेदना के साथ मासिक धर्म होने पर भी यह उत्तम कार्य करता है। जिन लोगों की पित्त प्रकृति है, उन्हें इसके अधिक सेवन से बचना चाहिए। इसके बीजों से निकाला गया तेल जोड़ों के दर्द पर मालिश करने से बहुत लाभ देता है।

गरमी के रोग

1. *शीतल जल में डालकर, सौंफ गलाओ आप।*
मिस्त्री के संग पान कर, मिटे दाह संताप

शीतल जल में डालकर भिगों दें। इस गली हुई (भीगी हुई) सौंफ के पानी में मिस्री मिलाकर पीने से दाह (जलन) एवं संताप दूर होता है।

1. सौंफ अम्बेलिफेरी फेमिली से संबंधित है। इसका वानस्पतिक नाम 'फीनीक्युलम वलगेर' है। संस्कृत भाषा में सौंफ को मिश्रेया, मधुरिका, मधुरा इत्यादि नामों से जाना जाता है। अंग्रेजी में 'फनेल' कहा जाता है। यह पंसारियों के पास सुलभ है। घर-घर की रसोई में सौंफ सदियों से भारतीय परिवेश में उपयोगी सिद्ध हो रही है।

- आयुर्वेद में सौंफ का उपयोग वायु एवं पित्त संबंधी विकारों में सफलता पूर्वक किया जाता है। सौंफ का नियमित सेवन करते रहने से भोजन में रुचि पैदा होती है। शरीर की जलन दूर होती है, नकसीर शांत होती है। सुप्रसिद्ध आयुर्वेदीय ग्रंथ 'राज-निघंटु' में भी सौंफ को वायु एवं पित्त-रोग नाशक कहा गया है।

यद्यपि इस कहावत में सौंफ इत्यादि की मात्रा नहीं बतलाई गई है, तथापि सौंफ को थोड़ी कूटकर (लगभग एक चाय चम्मच भर), एक गिलास गरम पानी में रात को भिगो दें। प्रातः निराहार (खाली पेट) ही इसमें 3 ग्राम मिस्री घोलकर तथा मथ-छानकर पी जाएं।

2. मिस्री—आयुर्वेद के आचार्य भाव मिश्र ने मिस्री को लघु (हलकी), सुपाच्य, वायु एवं पित्त का हरण करने वाली तथा तासीर में ठंडी बताया है। मिस्री का निर्माण गुड़ से किया जाता है। बाजारों में हलवाइयों के पास सुलभ होती है। मिट्टी के छोटे पात्र में डालकर बनाई गई मिस्री 'कुंजा-मिस्री' नाम से मिलती है। उल्लेखनीय है कि सामान्य मिस्री की अपेक्षा 'कुंजा-मिस्री' गुणों एवं शीतलता में अधिक श्रेष्ठ होती है।

2. *बाल मां मिट्टी, तन पे मिट्टी।*
पट्टी पे मिट्टी, हो गई गरमी की छुट्टी।

बालों में मिट्टी लगाएं, शरीर पर मिट्टी लगाएं, कपड़े की पट्टी पर भी मिट्टी लगाएं। ऐसा करने से गरमी से मुक्ति मिल जाएगी।

1. यकीनन मिट्टी औषधि भी है। आयुर्वेद में मुलतानी मिट्टी, गेरू मिट्टी, खड़िया मिट्टी, काली तथा सोरठी मिट्टी का विविध रोगों के उपचार में उपयोग

किया जाता है। आयुर्वेद के अनुसार बतलाए गए विभिन्न प्रकारों की मिट्टियों के गुण आप भी जान सकते हैं—

- गेरू मिट्टी—यह मीठी एवं कषाय रस से युक्त मानी गई है। यह स्निग्ध एवं शीतल होती है। आंखों को असीम लाभ देती है। शरीर में जलन, पित्त, विविध रक्त विकारों, कफ, हिचकी तथा विष को दूर करती है।
- काली मिट्टी—आचार्य भाव मिश्र के अनुसार काली मिट्टी क्षत (घाव), जलन (दाह), रक्त विकारों, रक्त प्रदर, कफ एवं पित्त को दूर करने वाली होती है।
- मुलतानी मिट्टी—यह भी 'आयुर्वेद' में बेहद लोकप्रिय है। दस ग्राम मुलतानी मिट्टी को जरा-सा कूटकर, रात के समय मिट्टी के बरतन में आधा लीटर पानी में डालकर भिगो दें। सवेरे पानी को निथार कर छान लें। इस छने हुए पानी को पीने से नकसीर अथवा शरीर में कहीं से भी रक्त आने की शिकायत (रक्त-पित्त) दूर होती है। छनी हुई मिट्टी से बालों को धोने से बाल स्वच्छ, सुंदर तथा रेशमी बने रहते हैं। इसी मिट्टी का शरीर पर लेप करने से घमोरियों से मुक्ति मिल जाती है।

वात रोग (पित्त विकार)

वात-पित्त जब-जब बढ़ै,
पहुंचावे अति कष्ट।
सोंठ आंवला दाख संग,
खावै पीड़ा नष्ट।

वायु और पित्त जब अधिक मात्रा में बढ़ते हुए शरीर को अत्यधिक मात्रा में कष्ट पहुंचा रहे हों तो सोठ, आंवला तथा दाख के सेवन से पीड़ा नष्ट हो जाती है।

1. सोंठ (ड्राई जिंजर) तासीर में गरम होने के कारण वायु एवं कफ को शांत करती है।

2. आंवला तीनों दोषों (वायु पित्त एवं कफ) को शांत करने की विलक्षण क्षमता रखता है। विशेष रूप से यह पित्त संबंधी विकारों पर प्रयुक्त होता है। आचार्य, भाव मिश्र के अनुसार आंवला अपने अम्ल-रस से वायु को शांत करता है, मधुरता एवं ठंडेपन से पित्त का शमन करता है तथा इसमें पाए जाने वाले रूखेपन तथा कषाय रस से यह कफ को शांत करता है।

3. दाख—अंग्रेजी में इसे रेजिन (Raisins) कहा जाता है। लैटिन में इसे 'वाइटिस-विनिफरा' कहते हैं। इसकी फेमिली 'वाइटेसी' है। हिन्दी में इसे दाख,

मुनक्का नामों से जाना जाता है। आयुर्वेद के अनुसार पकी हुई दाख (मुनक्का) नेत्रों के स्वास्थ्य के लिए हितकर, शरीर की वृद्धि करने वाली व भारी होती है। ज्वर, दमा, उल्टी, वात-रक्त (गाउट), कामला (पुराना पीलिया), पेशाब में रुकावट, बार-बार पानी पीने पर भी प्यास नहीं बुझना, शरीर के विविध मार्गों से रक्तस्राव होना, मोह, दाह (जलन), शोष तथा अधिक मदिरा के सेवन से पैदा होने वाले विकारों को दूर करती है। विशेष रूप से यह वायु-पित्त-जन्य विकारों पर प्रयुक्त होती है। बुखार के दौरान दाख का सेवन करते रहने से संताप कम होता है तथा तृष्णा, दाह (शरीर में जलने जैसी अनुभूति)में गिरावट आती है। पेशाब की जलन भी दाख के सेवन से दूर हो जाती है।

- सोंठ, आंवला एवं दाख की चटनी बनाकर सुगमतापूर्वक सेवन किया जा सकता है।

पित्त-शांतिकर प्रयोग

सोंठ-शक्कर औ काली मिर्च,
काला नमक मिलाय।
नीबू-रस में चूसिए,
पित्त शांत हो जाय।

सोंठ, शक्कर, काली मिर्च तथा काले नमक को सम भाग में लेकर, पीसकर रखें। इस मिश्रण को आधे काटे हुए नीबू पर बुरककर, नीबू का रस एवं यह मिश्रण चूसने से 'पित्त' शांत हो जाता है।

- इस प्रयोग से पाचन क्रिया सुधरती है। यकृत की क्रिया को बल प्राप्त होता है। एसिडिटी की शिकायतें दूर होती हैं। भूख खूब खुलकर लगने लगती है। अपच नहीं रहती। मिचली तथा बार-बार पानी पी लेने पर भी प्यास नहीं बुझने की शिकायत दूर हो जाती है।

रक्त विकार

दाद-खाज

1. *चना चून को नोन बिन,*
चौंसठ दिन जो खाय।
दाद-खाज अरु सेंहुवा,
जरी मूर सों जाय।

चने के आटे को (चना चून = चना चूर्ण) बिना नमक के (नोन = नमक) चौंसठ दिन तक खाने से दाद, खाज, सेंहुवा इत्यादि दूषित रक्त से पैदा होने वाले विकार जड़-मूल (जरी-मूर) से नष्ट हो जाते हैं।

1. चना 'रक्त विकारों' की अमोघ औषधि माना जाता है। यहां पर चने से अभिप्राय काले चने से है।

- काले चने को छिलका समेत पिसवाकर आटा बनाएं।
- चने के आटे से रोटियां बनाते समय नमक बिल्कुल नहीं डालें। इस प्रयोग में नमक का सर्वथा निषेध किया गया है। सेवन काल में देशी घी का प्रयोग अवश्य करें। चने के आटे की रोटियां बनाकर, उसमें देशी घी भरकर रोटियां खा लें। जब भी भूख लगे, यही घृत पूरित (घी-भरी) रोटियां खाएं।

परहेज—इस प्रयोग के दौरान नमक के अलावा मिर्च-मसालों, खटाई इत्यादि का भी परहेज रखें। इससे शीघ्र ही रोग से मुक्ति मिलती है। चने का आटा चूंकि रूखापन लिए होता है, इसलिए इसके साथ घी का सेवन करने के साथ-साथ पानी भी प्रचुरता में पीते रहना चाहिए। ताकि पानी के दबाव से मल-मूत्र की शुद्धि होकर, शरीर से विजातीय एवं विषतुल्य हानिकारक तत्त्व शरीर से बाहर निकल सकें। बिना घी के यह प्रयोग करने से शरीर में रूखापन आने लगता है तथा नेत्रों को हानि पहुंचती है।

- रक्त विकारों से पीड़ित होने पर नमक का सेवन करना नितांत हानिप्रद साबित होता है। 'चरक संहिता' में नमक के अधिक सेवन से पैदा होने वाली बीमारियां इस प्रकार बतलाई गई हैं—

नपुंसकता, बालों का सफेद होना, गंजापन, रक्त-पित्त, अम्ल-पित्त (एसिडिटी), वात-रक्त (गाउट), खुजली इत्यादि।

- कुष्ठ रोग, उपदंश, फिरंग इत्यादि रक्त दोषों में भी यह लाभदायक है। इस प्रयोग से पहले साधारण विरेचन (जुलाब) इत्यादि से शरीर की शुद्धि कर लेनी चाहिए। पूर्व में शुद्धि कर लेने पर ही चनों का यह प्रयोग कफ, पित्त एवं रक्त विकारों का नाश करता है।

2. *दूब हलद सम पीस करि,*
लेपहु यह संयोग।
पामा दाद औ खाज दुख,
नासैं एते रोग।

दूब—भारतीय संस्कृति में दूब को अत्यन्त महत्त्वपूर्ण स्थान प्राप्त है। हमारे देश में ऐसा कोई भी मांगलिक कार्य नहीं, जिसमें हलदी की गांठ और दूब की जरूरत नहीं पड़ती हो। देखा यह गया है कि जो वस्तु हमारे स्वास्थ्य के लिए हितकर सिद्ध होती थी, उसे हमारे पूर्वजों ने धर्म के साथ जोड़कर, उसका महत्त्व और भी बढ़ा दिया। दूब ग्रामिनी फेमिली का पौधा है। इसका वानस्पतिक नाम नाइनोडन डेक्टिलन है।

- आयुर्वेद में दूब को ठंडी तासीर वाली कहा गया है। यह मीठी और कसैली होती है। चर्मरोगों में इसका लेप किया जाता है। कैयदेव निघंटु के अनुसार दूब कफ, पित्त, रक्त , जलन, तृष्णा, विसर्प तथा विविध त्वचा रोगों को दूर करती है।

2. हलदी — इसकी फेमिली 'जिंजीबरेसी' है। वानस्पतिक नाम कुर्कमा लौंगा है। अंग्रेजी में इसे 'टर्मरिक' कहा जाता है। आयुर्वेद में हलदी की तासीर गरम बतलाई गई है। स्वाद में यह चरपरी एवं कड़वी होती है। आयुर्वेद में भी इसे विविध रक्त विकारों, शीत-पित्त (अर्टीकेरिया) की श्रेष्ठ औषधि माना गया है। धन्वन्तरि निघंटु के अनुसार हलदी का रस तिक्त (तीता) है, यह रूखा तथा गरम है। विविध विषों तथा कुष्ठ रोगों को यह नष्ट करती है। प्रमेह, कण्डू (खुजली), व्रण (घाव) इत्यादि को यह समाप्त कर देती है तथा त्वचा को कुदरती रंग प्रदान कर देती है।

3. ***नीम के पानी से करे जो स्नान,***
खाज-खुजली जो दूषित खून,
मिट जाए सब, निश्चित जान।

नीम के पानी से स्नान करने से खाज-खुजली तथा दूषित खून की समस्त शिकायतें निश्चित ही दूर हो जाती हैं।

1. अंग्रेजी में नीम को 'मारगोसा ट्री' कहा जाता है। यह मेलिएसी फेमिली का वृक्ष है। संस्कृत भाषा में इसे निंबु, पिचुमर्द, अरिष्ट इत्यादि नामों से जाना जाता है। नीम में तिक्त (तीता) एवं कषाय रस विद्यमान होता है। तासीर में यह ठंडा होता है। तिक्त रस युक्त होने से यह आयुर्वेद सम्मत अठारह प्रकार के कुष्ठ रोगों की रामबाण औषधि बताई गई है। तासीर में ठंडा होने से यह दाह (जलन) को दूर करता है। तिक्त रस के कारण ही यह खून की बखूबी सफाई कर देता है तथा खून की खराबी के कारण पैदा हुई सूजन (शोथ) को भी दूर कर देता है।

❑ **नीम का पानी तैयार करने की विधि :** नीम की लगभग सौ ग्राम पत्तियां लेकर इसे लगभग दस लीटर पानी में उबालें। जब उबलते-उबलते आधा पानी बच जाए, तो इस पानी से स्नान करें। 'धन्वन्तरि-निघंटु' नामक आयुर्वेदीय ग्रंथ में कहा गया है कि नीम का लेप, आहार इत्यादि प्रयोगों से कंडू, कुष्ठ, व्रण (घाव) इत्यादि नष्ट हो जाते हैं।

पुरुषों के रोग

नपुंसकता और धातु रोग

प्रतिदिन तुलसी बीज जो,
पान संग जो खाय।
रक्त धातु दोनों बढ़े,
नामर्दी मिट जाय।

नियमित रूप से तुलसी के बीजों को पान के साथ चबाकर खाने से रक्त एवं वीर्य में अपार वृद्धि होकर नपुंसकता से मुक्ति मिल जाती है।

1. तुलसी के बीज शरीर को बल प्रदान करते हैं। दुर्बलता दूर करने के लिए यह एक चमत्कारिक प्रयोग है। तुलसी के बीज शुक्र को बढ़ाते हैं। शुक्र में (मूत्र मार्ग से वीर्य का बाहर निकलते रहना) की भी उत्तम औषधि है।

❑ इस प्रयोग के लिए पान का एक पत्ता लें। एक ग्राम तुलसी के बीज लें। तुलसी के बीजों की तासीर गरम होती है। शरीर की प्रकृति के अनुसार मात्रा घटाई-बढ़ाई जा सकती है।

स्त्रियों के रोग

स्तनों में दूध का न उतरना

पिए छाछ से नित्य जो, सौंफ सैंधे को चूर्ण।
साथ मिला जीरा सफेद, बंध्या कू भी उतरै दूध।

सौंफ तथा सफेद जीरा 100-100 ग्राम, सेंधा नमक 50 ग्राम। इन तीनों को कपड़छान कर लें। गाय की ताजा छाछ से यह चूर्ण पांच से दस ग्राम की मात्रा में मिलाकर नियमित पीने से 'मां' के स्तनों में दूध उतरने लगता है।

सर्प-विष

ऊंधाहुली जड़ को आन,
दो पैसा भर जल संग आन,
सर्पविष कोई ना रहे,
सिद्ध नाथ योगी यूं कहे।

'ऊंधा फूली' की जड़ दो पैसे जितनी लेकर, पानी के साथ पीसकर पी लेने से सांप का जहर उतर जाता है, यह सिद्ध नाथ योगी का कथन है।

1. ऊंधा फूली—यह बोरेजिनेसी फेमिली का पौधा है। पौधे में अनेक शाखा-प्रशाखाएं होती हैं। यह पौधा धरती पर फैला हुआ रहता है, तने पर रोम होते हैं। पौधा एक से डेढ़ फुट तक ऊंचा होता है। संस्कृत में इसे अध:पुष्पी (इसके पुष्प खिलने पर नीचे की ओर लटक जाते हैं), हिन्दी में अंधाहुली, मराठी में जिन्धी, गुजराती में ऊंधाहुली तथा बंगला में चेतरहुली कहा जाता है। इस पौधे का वानस्पतिक नाम 'ट्राइकोडेस्मा इंडिकम' है। इस पौधे में सितंबर से जनवरी के दौरान पुष्प आते हैं।

- प्रख्यात आयुर्वेद विशेषज्ञ आचार्य प्रियव्रत शर्माजी ने (द्रव्य-गुण-विज्ञान द्वितीय खंड) नामक ग्रंथ में इस कहावत का संदर्भ दिया है तथा इसे 'विष नाशक' बतलाया है।

ज्वर (बुखार)

1. *ग्यारह तुलसी पत्र जो, स्याह मिर्च संग चार।*
तो मलेरिया इकतारा, मिटे सभी विकार।

तुलसी के ग्यारह पत्ते, चार काली मिर्च के दानों के साथ चबाने से मलेरिया, इकतारा इत्यादि बुखार निश्चित ही दूर हो जाता है।

1. तुलसी—यह लेबिएटी फेमिली का पौधा है। वानस्पतिक नाम 'ओसीमम सैक्टम' है। आचार्य प्रियव्रत शर्मा के अनुसर वात-श्लेष्मिक-ज्वर, जुकाम इत्यादि पर तुलसी बहुत अच्छा कार्य करती है। काली मिर्च के साथ तुलसी के पत्ते चबाना बहुत लाभ देता है। मलेरिया की भी अनुपम औषधि है।

ऐसे अन्यान्य बुखार जिनमें सर्दी अधिक लगती है, उन पर भी यह अच्छा कार्य करती है।

2. काली मिर्च—आयुर्वेद में काली मिर्च को विषम ज्वर की उत्तम औषधि कहा गया है। शीत ज्वर में यह बहुत लाभ देती है। इससे ठंड कम लगती है तथा बुखार भी उतरता है।

2. *जुर, जाचक अरु पाहुना,*
इनको यही उपाय।
लंघन तीन कराइ दै,
फेर कबहुं नहिं आय।

जुर जाचक और पावणा इन तीनों का एकमात्र इलाज है—इन्हें तीन बार लंघन करा देने से ये फिर कभी वापस नहीं आते हैं। यहां पर 'जुर' ज्वर का अपभ्रंश है। जाचक का मतलब है—याचक (भिखारी) तथा पावणा राजस्थानी भाषा में मेहमान को कहा जाता है।

1. लंघन क्या है ?—चरक संहिता में लंघन की परिभाषा देते हुए कहा गया है कि जिसके द्वारा शरीर में लघुता पैदा होती है, उसे लंघन कहा जाता है। 'लंघन' का प्रधान अर्थ अनशन या उपवास है। प्रधान रूप से अनशन अथवा उपवास के द्वारा ही लंघन कराया जाता है। आयुर्वेद में वमन, विरेचन, बस्ति, नस्य, केवल जल पीना, धूप सेवन, वायु सेवन, पाचक औषधियों का सेवन तथा व्यायाम के द्वारा भी लंघन कराया जाता है।

उल्लेखनीय है कि लंघन को ज्वर (बुखार) की श्रेष्ठ औषधि माना गया है। इस कहावत में भी बतलाया गया है कि जुर, याचक और मेहमान इन तीनों को यदि तीन समय आहार नहीं दिया जाय, तो ये फिर कभी नहीं आते हैं।

2. आयुर्वेद में पित्त के नाश के लिए शयन (सोना), वायु के नाश के लिए मर्दन (मालिश), कफ के नाश के लिए वमन तथा ज्वर (बुखार) के नाश के लिए लंघन करने की बात भी कही गई है।

3. अंग्रेजी भाषा में भी समान भाव रखने वाली एक कहावत सुलभ होती है—

Sit a While after dinner,
Starve the patient, kill the fever.

3. *आंवला हर्रा पीपरी चीत।*
सेंधा नमक मिलाओ मीत।
जर-जूड़ी अरु खांसी जाय।
हंसते हुए सुख से सोय।

आंवला, हरड़, पीपल तथा चित्रक की जड़ के चूर्ण में सेंधा नमक मिला लें। इसका सेवन करने से ज्वर, खांसी दूर होती है और व्यक्ति सुख पूर्वक सोता है।

1. आयुर्वेद के अनुसार आंवला, हरड़ एवं पीपल (मघ) बुखार, खांसी की अचूक औषधियां हैं। आंवला बुखार का नाश करता है, दाह को शीत करता है। बुखार के समय बढ़ जाने वाली प्यास को शांत करता है। पुराने बुखारों का विष शरीर से बाहर निकाल फेंकता है। चूंकि यह बढ़े हुए कफ को शांत करता है, इसलिए खांसी, दमा एवं यक्ष्मा को भी यह शांत करता है। यही कारण है कि च्यवनप्राश, ब्राह्म-रसायन नामक सुप्रसिद्ध आयुर्वेदीय औषधि योगों में आंवला मिलाया जाता है।

- हरड़ भी ज्वरों को शांत करती है। विषम ज्वर एवं जीर्ण ज्वर में इसका प्रचुर उपयोग किया जाता है। यह भी कफ को शांत करती है। जुकाम, खांसी, गला बैठना, हिचकी और दमा पर यह बहुत अच्छा कार्य करती है। चित्रक-हरीतकी, दंती-हरीतकी, हरीतकी-खंड, अभयामोदक, अभयारिष्ट इत्यादि हरड़ के प्रसिद्ध औषधि योग हैं।
- पीपल की गणना ही कासहर (खांसी को हरने वाले) गण के अंतर्गत की जाती है। आयुर्वेद के अनुसार पीपल (पाइपर लौंगम) कफ एवं वायु को शांत करती है, फलस्वरूप दमा, खांसी, हिचकी को शांत करती है। क्षय रोग के कीटाणुओं का भी नाश करती है। इसके प्रयोगों से कफ कम बनता है, साथ ही आसानी से निकलता है। यह क्षय के रोगी को शक्ति भी प्रदान करती है।
- 'चीत' शब्द से यहां पर अभिप्राय 'चित्रक की जड़' से है। यह प्लम्बेजिनेसी फेमिली के वृक्ष की जड़ की छाल है। इसका वानस्पतिक नाम 'प्लम्बेगो जिलेनिका' है। संस्कृत भाषा में यह वृक्ष चित्रक, अग्नि इत्यादि नामों से जाना जाता है। हिन्दी में इसे चीता कहते हैं। बंगला में इसे चिता, मराठी में चित्र मूल, गुजराती में चित्रो, तमिल में चित्तिर, तेलुगु में तेल-चित्र, अरबी में शीत-रज, फारसी में शीतर तथा अंग्रेजी में 'लेड-वर्ट' कहा जाता है।

आयुर्वेद में चित्रक की जड़ गरम तासीर वाली मानी गई है। गरम एवं तीखा होने से ही यह कफ एवं वायु को शांत करती है। यह श्रेष्ठ कफ शामक औषधि है तथा कंठ के लिए परम हितकर है। पुरानी जुकाम तथा खांसी में इसके सेवन से लाभ मिलता है। जीर्ण (क्रोनिक) बुखारों तथा मलेरिया (विषम ज्वर) में इसका उपयोग किया जाता है। इसका सेवन करने से बुखार शांत हो जाता है। यकृत की क्रिया में सुधार आने लगता है, पाचन शक्ति बढ़ जाती है, जिससे स्वास्थ्य उत्तरोत्तर सुधरने लगता है। तिल्ली (स्प्लीन) की कठोरता दूर हो जाती है। बुखार के बाद रह गई कमजोरी को भी यह शीघ्र दूर कर देती है।

अरिष्ट (मारक लक्षण)

गधा पै चढ़ो मिलै धोबिया,
कैसेउ नहीं बचै रोगिया।

बीमार व्यक्ति को इलाज कराने के लिए ले जाते समय यदि गधे पर चढ़ा हुआ धोबी मिलता है, तो समझ लीजिए कि रोगी की मृत्यु निश्चित है।

1. निस्संदेह यह कहावत हमारे बुजुर्गों के दीर्घकालिक अनुभवों का निचोड़ है। आधुनिक विज्ञान के लिए इस कहावत की गहराई तक पहुंच पाना असंभव ही है।

त्वक् सौंदर्य

फटे बिवाई या मुंह फटे,
त्वचा खुरदरी होय।
नीबू मिश्रित आंवला,
सेवन से सुख होय।

बिवाई फटना, मुंह फटना तथा त्वचा खुरदरी होने की शिकायतें होने पर नीबू मिलाए हुए आंवले के सेवन से आराम मिलता है।

1. बिवाई फटना—इसे 'रागेड्स' कहा जाता है। लोक भाषा मे इसे 'बिवाई फटना' कहते हैं। बिवाई फटने का प्रमुख कारण है—नंगे पांव अधिक पैदल चलना। 'सुश्रुत-संहिता' के अनुसार नंगे पांव अधिक घूमने वाले व्यक्ति का प्रकुपित वायु, अत्यधिक रूखे पैरों में दरार उत्पन्न कर देता है, इसे ही पाद-दारी 'बिवाई फटना' कहते हैं। आयुर्वेद के अनुसार बिवाई फटना, होंठ फटना, मुंह

फटना, त्वचा का रूखापन ये समस्त लक्षण वायु की ही विकृतियां हैं। विकृत वायु से ही इन समस्त लक्षणों की उत्पत्ति होती है।

- इस कहावत के अनुसार आंवले के बारीक पिसे हुए चूर्ण में, नीबू का रस डालकर खरल में घोंटते हुए सुखा लें। यह मिश्रण त्वचा की मृदुता को बढ़ा देता है, फलस्वरूप रक्तस्राव रुक जाता है, दर्द शांत होने लगता है।
- अर्वाचीन दृष्टिकोण के अनुसार, नीबू और आंवला दोनों ही विटामिन-सी के खजाने हैं। विटामिन-सी घावों के भरने की गति बढ़ा देता है तथा त्वचा पर लाल-नीले धब्बे होने की प्रवृत्ति को रोक देता है।

अनिद्रा (नींद नहीं आना)

गुड़ के संग मिलाय के, पीपलामूल जो खाय।
कहे भड्डरी भाई जी, गहरी निद्रा आय।

गुड़ के साथ मिलाकर 'पीपलामूल' का सेवन करने से गहरी नींद आती है। ऐसा 'भड्डरी' का कहना है।

1. घाघ और भड्डरी बिहार के सुप्रसिद्ध लोक कवि हुए हैं, जिन्होंने अनेक गागर में सागर भरने वाली कहावतों का सृजन किया, जो आज भी लोक मानस में रची-बसी हुई है। यह कहावत भी 'भड्डरी' की उन्हीं महान रचनाओं में से एक है। उल्लेखनीय है कि आयुर्वेद के अनुसार नींद आने में प्रमुख कारण 'कफ' नामक दोष ही है। गुड़ कफ को बढ़ाते हुए व्यक्ति को निद्रा की तरफ प्रवृत्त कर देता है। गुड़ पचने में भारी (गुरु), स्निग्ध तथा वायु शामक होने के कारण नींद लाने में सहयोगी द्रव्य की भूमिका का निर्वहन करता है।

2. पीपलामूल—यह इसी नाम से पंसारियों के पास सुलभ होती है। पिप्पली (पाइपर लौंगम) की जड़ें ही पीपलामूल कही जाती है। गुड़ और पीपलामूल का संयोग होने पर इनके मिश्रित प्रभाव से ही व्यक्ति गहरी नींद में सो जाता है।

निर्मल काया के लिए

हर्र बहेड़ा आंवला, चौथी डाल गिलोय।
पंचम जीरा डाल के, निर्मल काया होय।

हरड़, बहेड़ा, आंवला, गिलोय तथा जीरा मिलाकर सेवन करने से काया निर्मल बन जाती है।

1. हजारों वर्षों से हरड़-बहेड़ा-आंवला के मल शुद्धि करने वाले गुणों से भारतीय जन-मानस सुपरिचित है। इन्हीं तीनों को त्रिफला भी कहा जाता है। त्रिफला अपना कार्य शरीर की शुद्धि करते हुए ही करता है। यही कारण है कि जब भी हम त्रिफला का सेवन आरंभ करते हैं तो एक-दो दिन के भीतर ही मल का खुलकर एवं साफ आना, अपान वायु का खुलकर एवं सुगमता पूर्वक शरीर से बाहर निकलना, उद्गार (डकार) खुलकर आना, पेशाब का बिना रुकावट के आना, इत्यादि विशिष्ट मल-शुद्धि करने वाले लक्षणों का प्रादुर्भाव होता है। आयुर्वेद के आचार्य भाव मिश्र ने त्रिफला को 'सरा' कहा है। 'सरा' से अभिप्राय यह हुआ कि त्रिफला 'सारक' है अर्थात् शरीर से अनावश्यक एवं विजातीय तत्त्वों को बल पूर्वक निकालते हुए काया को पूर्णतः निर्मल बना देती है।

2. गिलोय—अनेक वर्षों तक जीवित रहने तथा अमृत के समान गुणकारी होने से इसे 'अमृता' भी कहा जाता है। मेनिस्पर्मेसी फेमिली की यह एक लता है, जो नीम इत्यादि वृक्षों पर कुंडली मारते हुए चढ़ी रहती है। इसका वानस्पतिक नाम टिनोस्पोरा कॉर्डीफोलिया है। आयुर्वेद में इसको ताजा ही उपयोग में लेने के निर्देश किए गए हैं, इससे इसके गुण अधिक हो जाते हैं। हालांकि पंसारियों के यहां सुखाई हुई गिलोय भी सुलभ होती है, लेकिन सूखी गिलोय ताजा गिलोय के अनुपात में कम गुणों वाली मानी गई है।

- आयुर्वेद में कहा गया है कि गिलोय, कुटज, वासा, पेठा, शतावरी, अश्वगंधा पियाबांसा, सौंफ तथा गंध प्रसारिणी इन समस्त औषधियों को ताजा ही प्रयोग में लेना चाहिए।
- आयुर्वेद में भी गिलोय को काया को निर्मल करने वाली औषधि के रूप में स्वीकारा गया है। विविध जीर्ण ज्वरों तथा विषम ज्वर (मलेरिया) इत्यादि की गिलोय अमोघ औषधि है। कुष्ठ, वात-रक्त इत्यादि रक्त विकारों को भी यह बखूबी शांत करती है। आयुर्वेद में तृष्णा, विविध यकृत विकारों, अम्ल-पित्त, पीलिया, कामला, प्रवाहिका, ग्रहणी, प्रमेह, भ्रम (चक्कर आना) इत्यादि विकारों पर गिलोय का सफल उपयोग किया जाता है।
- चरक संहिता के अनुसार गिलोय श्रेष्ठ वायु का शमन करने वाली औषधि है। यह जठराग्नि को खूब प्रदीप्त कर देती है, कफ एवं रक्त के अवरोधों को सुगमता पूर्वक दूर कर देती है।
- चरक-संहिता में ही गिलोय को 'मेध्य-रसायन' कहा गया है। मेधा से अभिप्राय है 'ग्रंथ-ग्रहण-शक्ति' (ग्रंथों को समझने की शक्ति)। उल्लेखनीय

है कि गिलोय के रस का नियमित रूप में सेवन करने से 'मेधा' में आशातीत बढ़ोतरी होने लगती है। गिलोय का ताजा रस आयु प्रदान करने वाला, बीमारियों का नाश करने वाला, बल-अग्नि-वर्ण तथा स्वर को बढ़ाने वाला कहा गया है।

3. जीरा—भारतीय परिवेश में हजारों वर्षों से रसोई घरों में इसका उपयोग होता आ रहा है। हमारी दादी-नानी जीरे के गुणों से बखूबी सुपरिचित रही हैं। संस्कृत भाषा में जीरे को जीरक, जरण (पाचन करने वाला) कहा गया है। अंग्रेजी में इसे 'क्यूमीन सीड' कहा जाता है। जीरे की तासीर गरम होती है। विभिन्न कफ एवं वायु संबंधी बीमारियों पर जीरे का सफल प्रयोग किया जाता है। उदर विकारों की तो यह महान औषधि है। भूख नहीं लगना, उलटी होना, अपच (अजीर्ण), अफारा (आध्मान), उदर-शूल (पेट-दर्द) ग्रहणी, अर्श (बवासीर), कृमि (पेट में कीड़े) इत्यादि पाचन-संस्थानगत व्याधियों के उपचार में जीरे की भूमिका असंदिग्ध ही है। सुप्रसिद्ध औषधि 'हिंग्वाष्टक चूर्ण' में जीरे को प्रधान रूप से मिलाया जाता है। विविध रक्त विकारों तथा हृदय रोगों में भी वायु के नियमनार्थ जीरे का उपयोग किया जाता है। नवीन अनुसंधान बतलाते हैं कि 'जीरा' उत्तम 'एंटी ऑक्सीडेंट' है। यह रक्त के अवरोधों को दूर करने में सक्षम है। हमारे ग्राम्यांचलों में आज भी प्रसूता स्त्रियों के गर्भाशय की शुद्धि करने तथा उनमें पुनः शक्ति का संचार करने एवं उनके स्तनों में दूध की मात्रा बढ़ाने के लिए जीरे के लड्डू बनाकर खिलाने का प्रचलन है। जीरे में पाए जाने वाले इतने सारे गुणों के कारण ही इस कहावत में जीरे को स्थान दिया गया है।

- आयुर्वेद में तीन प्रकार के जीरे माने गए हैं— सफेद जीरा, काला जीरा, कारवी। बाजार में सफेद एवं काले जीरे की ही उपलब्धता होती है। सफेद जीरा सफेद रंग लिए हुए हलका धूसर होता है और काला जीरा कालापन लिए होता है। वनस्पति शास्त्रियों के अनुसार सफेद जीरा 'क्यूमिनम साइमिनम' है तथा काला जीरा कैरम बल्बो कैस्टेनम है। दोनों ही अम्बेलिफेरी फेमिली के हैं। आयुर्वेद के अनुसार तीनों ही प्रकार का जीरा रूखा, कटुरस वाला, तासीर में गरम, जठराग्नि को दीप्त करने वाला, हलका, दस्त रोकने वाला, पित्त बढ़ाने वाला, मेधा के लिए हितकर, गर्भाशय को शुद्ध बनाने वाला, बुखारों को दूर करने वाला, यौन-शक्ति को बढ़ाने वाला, बलकारी, रुचिकर, कफ का अपहरण करने वाला, नेत्रों के लिए असीम हितकर, वायु, अफारा, वायु-गोला, उल्टी तथा अतिसार (दस्त) को दूर करता है।

4. यह कहावत 'गागर में सागर' जैसी ही भावपूर्ण है, जो देखने में तो छोटी लगती है, मगर इसमें शरीर को निरोगी बनाने का मंत्र छुपा हुआ है।

- जो लोग सीरम यूरिक एसिड बढ़ने से परेशान हों, उन्हें इस कहावत में कहे गए द्रव्यों का नियमित रूप से सेवन करते रहने से 'यूरिक एसिड' का स्तर सामान्य हो जाता है। निरापद एवं अचूक औषधि है।
- हालांकि इस कहावत में यह स्पष्ट नहीं किया गया है कि हरड़ इत्यादि द्रव्य कितनी मात्रा में अथवा इनका अनुपात क्या रखा जाए तथा चूर्ण का सेवन किया जाए या काढ़ा। हमारे विचार से हरड़, बहेड़ा, आंवला (तीनों गुठली निकाले हुए) तथा जीरा समभाग लेना चाहिए। अर्थात् ये चारों सौ-सौ ग्राम लेने चाहिए। गिलोय दोगुनी मात्रा में ली जानी अपेक्षित है। हरड़, बहेड़ा, आंवला तथा जीरे को यव-कुट (जौ-कुट) कर लें। इसमें अच्छी प्रकार से कूटी हुई (कुचली हुई) गिलोय का तना मिलाकर धीमी आग पर काढ़ा बनाएं। चार गिलास पानी में यह काढ़ा बनाएं। जब एक गिलास बच जाए तो इसे थोड़ा ठंडा करके पी लें। सवेरे निराहार, दोपहर में लंच से एक घंटा पहले तथा रात्रि में शयन से आधा घंटा पहले यह काढ़ा पी लेने से विशेष लाभ मिलता है।

मृत्यु भय से मुक्ति

खाय कागजी नीबू को, जो तुलसी बिरवा रोपै।
बेद पंसारी करम को झंखै, घर मां मौत ना कंपै।

जो व्यक्ति कागजी नीबू खाता है और घर में तुलसी का पौधा (बिरवा) लगाता है, तो निश्चित ही इससे वैद्य और पंसारियों का धंधा चौपट हो जाएगा तथा घर में मृत्यु का डर नहीं रह जाएगा।

1. कागजी नीबू यह एक विशेष प्रकार का नीबू है, जिसका छिलका बहुत पतला होता है। इसकी गंध भी बेहद पसंद की जाती है। कागजी नीबू से प्रचुर मात्रा में रस निकलता है। इसीलिए यहां पर कागजी नीबू का संदर्भ दिया गया है। नीबू की अन्यान्य प्रजातियों में बिजौरा नीबू, जम्बीरी नीबू, मीठा नीबू प्रमुख हैं। नीबू की चाहे जो प्रजाति हो। उसमें बहुत सारे स्वास्थ्य रक्षक गुण विद्यमान रहते हैं।

- किसी परिचित के यहां मेहमान बनकर जाने पर यदि नीबू से निर्मित शिकंजी का एक गिलास प्रस्तुत हो जाता है, तो शायद ही कोई ऐसा व्यक्ति मिलेगा,

जो उसके खट्टे-मीठे रस के आस्वादन के प्रति लालायित नहीं रहता हो। नीबू के सुंदर पीले रंग तथा खुशबू ने हमेशा ही मनुष्य को लुभाया है। भोजन में रुचि पैदा करने वाले अपने विशिष्ट गुणों के कारण ही नीबू को संस्कृत भाषा में 'रुचक' कहा जाता है। नीबू के रस में 'साइट्रिक एसिड' प्रचुरता में मिलता है। नीबू के रस में जीवन पोषक तत्त्व अन्य फलों की अपेक्षा अधिक मात्रा में उपस्थित होते हैं। नीबू की मीठी प्रजाति ठंडी तथा खट्टी प्रजाति तासीर में 'गरम' मानी जाती है। 'आयुर्वेद चिकित्सा-विज्ञान' नीबू को श्रेष्ठ औषधि के रूप में स्वीकार करता है। नीबू के छिलके, फूल, फल तथा जड़ों का विभिन्न रोगों के उपचार में बखूबी उपयोग किया जाता है।

- नीबू के रस में शरीरगत विषाक्त द्रव्यों को शरीर से बाहर निकाल देने का विशिष्ट गुण होता है।
- यकृत की क्रिया-प्रणाली को सुचारु बनाने के लिए नीबू के रस का नियमित सेवन करने से बेहतर शायद ही कोई दवा हो।
- ग्रीष्मकाल की अपेक्षा शीतकाल (सर्दियों) में नीबू का सेवन कम करना चाहिए।
- नीबू के स्वास्थ्य रक्षक गुणों के कारण ही पानी के जहाज एवं स्टीमर चालक अपने साथ ताजा नीबुओं का रस हमेशा रखते हैं। उल्लेखनीय है कि इस रस को बिगड़ने से बचाने के लिए उसमें अलकोहल मिला दिया जाता है।
- नीबू के रस में 'जीवाणु-नाश' करने का दिव्य गुण मिलता है। जब खाली पेट में नीबू का रस जाता है तो सर्वप्रथम हानिकारक जीवाणुओं तथा पेट के कीड़ों का नाश होना आरंभ हो जाता है। यही रस जब रक्त के साथ मिलकर यकृत एवं लसीका-तंत्र तक पहुंचता है, तो यह उन स्थानों पर हानिप्रद पार्थिव द्रव्यों को छिन्न-भिन्न कर देता है। यही पार्थिव द्रव्य संधिवात तथा गठिया जैसी बीमारियां उत्पन्न करते हैं।
- मोटापा—प्रतिदिन दो प्याले नीबू के रस में, एक प्याला पानी मिलाकर पीते रहने से मोटापा कम होने लगता है। शरीर इकहरा एवं सामर्थ्यवान बनने लगता है। इस प्रयोग के साथ साथ हलका भोजन या उपवास करने से ज्यादा जल्दी लाभ हो जाता है। नीबू का रस हमारे शरीर में उपस्थित जलीयांश तथा वसा की शीघ्र छंटनी कर देता है।

2. तुलसी की महिमा—तुलसी का वानस्पतिक नाम 'ओसीमम सैंक्टम' है। यह लेबिएटी फेमिली की वनस्पति है। बंगला, मराठी, गुजराती तथा तेलुगु में भी इसे 'तुलसी' नाम से ही जाना जाता है। कन्नड में इसे श्री तुलसी कहते हैं।

मलयालम में मित्तवु तथा अंग्रेजी में सेक्रड बेसिल तथा होली बेसिल कहा जाता है। संस्कृत भाषा में इसे तुलसी, सुरसा, भूतघ्नी, बहु मंजरी, देव दुन्दुभि, सुलभा, ग्राम्धा इत्यादि नामों से जाना जाता है। तुलसी की साठ से भी अधिक प्रजातियां होती हैं। प्रमुख रूप से दो ही प्रजातियां सुलभ होती हैं, वे हैं—1. श्यामा तुलसी, 2. रामा तुलसी । 'श्यामा' वह है जो स्वल्प श्याम (कृष्ण) वर्ण लिए होती है तथा रामा तुलसी के दल हरित वर्ण के होते हैं।

- आयुर्वेद के अनुसार तुलसी के तीन प्रधान औषधीय गुण होते हैं—(अ) कफ नाशक (ब) कृमि नाशन (स) दुर्गन्ध नाशक
- तुलसी में पाए जाने वाले कफ नाशक गुणों के कारण वात-श्लैष्मिक-ज्वर, प्रतिश्याय (जुकाम), कास (खांसी), श्वास (दमा), यक्ष्मा इत्यादि विकारों की तुलसी सुप्रसिद्ध औषधि है। मलेरिया (विषम ज्वर) अथवा सरदी लगकर आने वाले बुखार पर यह विशेष लाभप्रद है।
- कृमि नाशक गुण के कारण तुलसी का रस दद्रु (दाद), कंडू (खुजली) छाजन (ऐग्जिमा) इत्यादि चर्म रोगों में तथा घावों को भरने वाले घावों की सफाई करने में प्रयुक्त होता है।
- गंध नाशक गुण के कारण तुलसी घर के वातावरण को शुद्ध बनाती है। तुलसी का पौधा जिस घर में लगा होता है, उस घर के आस-पास सांप-बिच्छू नहीं फटकते हैं। तुलसी के पत्ते, पुष्प, बीज तथा जड़ का चिकित्सा कार्यों में प्रचुरता के साथ उपयोग किया जाता है।
- तुलसी (सफेद एवं काली) कफ एवं वायु को शांत करती है। पित्त को बढ़ाती है। जठराग्नि को प्रदीप्त करती है। दोषों का पाचन करती है। वायु को खारिज करती है। हृदय के लिए हितकर है। रक्त की शुद्धि करती है, कफ का नाश करती है, पसीना लाती है, बुखार एवं कीड़ों का नाश करती है। कुष्ठ को भी दूर करती है।
- भूख नहीं लगना, उल्टी, हिचकी, पेटदर्द, पेट के कीड़े, हृदय की दुर्बलता, रक्त विकार, जुकाम, खांसी, दमा इत्यादि विकारों की तुलसी उत्तम औषधि है।
- आयुर्वेद के अनुसार यद्यपि सफेद और काली तुलसी के गुण लगभग समान हैं, परंतु काली तुलसी को अधिक प्रभावशाली माना गया है। सफेद तुलसी गरम, पसीना पैदा करने वाली तथा दोषों का पाचन करती है, जबकि काली तुलसी ठंडी, स्निग्ध, कफ को बाहर निकालने वाली, बुखार का नाश करने वाली होती है।

- सर्दियों में जब ठंड लग जाती है और जुकाम, छींकें, सिरदर्द, बुखार इत्यादि लक्षण पैदा हो जाते हैं, तो उन लक्षणों पर तुलसी के पत्तों का रस शहद में मिलाकर देने से बहुत लाभ होता है। कफ बढ़ने एवं खांसी के कारण जब गला बैठ जाता है और बोला नहीं जाता हो, तो तुलसी के ताजा पत्तों को आग पर सेंक कर नमक के साथ चबाने से बहुत लाभ होता है। दमा, खांसी, इत्यादि श्वसन संस्थान के रोगों में तुलसी के पत्तों के रस अदरक, प्याज के रस और शहद के साथ देते हैं।
- बेहोशी की अवस्था में तुलसी के पत्तों के रस में थोड़ा नमक मिलाकर नाक में टपका देने से लाभ होता है।
- कैंसर और तुलसी के 25 या अधिक पत्तों को बारीक पीसकर एक गिलास छाछ (तक्र) के साथ सवेरे-शाम पिलाएं। भोजन में केवल दूध या दही का सेवन कराएं। बहुत लाभप्रद प्रयोग है।
- बच्चों के रोग—तुलसी के पत्तों का रस शहद मिलाकर चटाने से बच्चों के दस्त एवं खांसी दूर होते हैं। सर्दियों में थोड़ा गरम करके पिलाते हैं। तुलसी के पत्तों के रस का शरबत बनाकर दस से बीस मिलीलीटर की मात्रा में पिलाते रहने से बच्चों के सरदी, जुकाम, खांसी, उल्टी, दस्त, पेट फूलना इत्यादि विकार दूर होने लगते हैं।
- कान-दर्द—तुलसी के पत्तों का ताजा रस हलका गरम करके कान में टपका देने से आराम मिलता है।
- दाद इत्यादि चर्म रोग—तुलसी के पत्तों को नीबू के रस में पीसकर लगाने से दाद, वात-रक्त, इत्यादि विकार शांत होने लगते हैं।
- विभिन्न यकृत विकार—तुलसी के दस ग्राम पत्तों को, बीस मिलीलीटर पानी में धीमी आग पर पकाते हुए काढ़ा बनाएं, तत्पश्चात् छानकर दिन में 2-3 बार पिलाएं। इस प्रयोग से बढ़ा हुआ यकृत सामान्य अवस्था में आ जाता है तथा अन्यान्य यकृत विकार दूर होते हैं।
- तुलसी की जड़ को तांबे की ताबीज में रखकर गले में बांध देने से बिजली गिरने का भय समाप्त हो जाता है।

सर्वरोगहारी प्रयोग

1. *जित्थे बणा बसूटी बरयां।*
   उत्थे रोग कोई न खड़या।

जहां पर बणा, बसूटी तथा बरयां मौजूद हैं, वहां पर कोई भी रोग खड़ा नहीं रह सकता है।

1. यह हिमाचल प्रदेश के कांगड़ा क्षेत्र की बहुप्रचलित लोक कहावत है, जो आज भी वहां के निवासियों की जुबान पर विराजमान है। इस कहावत में आयुर्वेद की तीन विलक्षण जड़ी-बूटियों का उल्लेख हुआ है—बणा—यह 'निर्गुण्डी' नामक आयुर्वेदिक वनौषधि है। इसका वानस्पतिक नाम 'वाइटेक्स निगण्डो' है। संस्कृत भाषा में भी इसे निर्गुण्डी कहा गया है। निर्गुण्डी शब्द की निरुक्ति इस प्रकार कही गई है—'**निर्गुडति शरीरं रक्षति रोगेभ्यः**' अर्थात् जो रोगों से शरीर की रक्षा करे। हिन्दी में इसे सम्हालू कहते हैं। कुछ लोग इसे मेउड़ी भी कहते हैं। मराठी में इसे निगड़, गुजराती में नगद, नगोड़, बंगला में निशिन्दा, तेलुगु में तेज्जवाविली, तमिल में नौंची, मलयालम में इन्द्राणी, कन्नड में बाइलनेक्की, अरबी में अस्लक, फारसी में पंजुगुस्त तथा अंग्रेजी में 'फाइव-लीव्ड-चेस्ट' नामों से जाना जाता है। पहाड़ी में इसे 'बणा' कहा जाता है।

- निर्गुण्डी का पौधा पूरे भारत में सुलभ होता है। गरम प्रदेशों में यह विशेष रूप में सुलभ होता है। इसके पत्ते, जड़ एवं बीजों का उपयोग चिकित्सा कार्यों में बखूबी होता है। तासीर में यह गरम होती है। सिरदर्द, सायटिका, आमवात, संधि-शोथ इत्यादि वेदना वाले रोगों पर इसका सफल प्रयोग किया जाता है। दिमाग की कमजोरी पर भी इसका उपयोग करने से लाभ होता है। यह कफ एवं वायु को शांत कर देने के लिए मशहूर है। इसके पत्र, जड़ एवं बीज तीनों ही चिकित्सा कार्य में उपयोगी होते हैं। इसके पत्तों के रस की मात्रा दस से बीस मिलीलीटर, जड़ की छाल का चूर्ण तीन से छह ग्राम तथा बीजों का चूर्ण तीन से छह ग्राम की मात्रा में लिया जाना चाहिए। रसायन गुण वाली औषधि होने के कारण सामान्य कमजोरी को भी यह दूर करती है।
- सिरदर्द, सायटिका, आमवात, संधिशोथ तथा सोजिश—निर्गुण्डी के ताजा तोड़े हुए अथवा छाया में सुखाए हुए पत्ते सौ ग्राम लें। इन्हें एक लीटर पानी में धीमी आग पर उबालें। बरतन का मुंह खुला रखें, ढकें नहीं। उबलते-उबलते जब यह पानी चौथाई शेष रह जाए, तो इसे छानकर, थोड़ा ठंडा करके प्रातःकाल खाली पेट पी लें। इसी प्रकार दोपहर एवं रात्रि में सोते समय यह काढ़ा तैयार करते हुए पी जाएं। लाभ होने तक यह प्रयोग जारी रखें। इस प्रयोग से भूख न लगना, आंव बनना, यकृत में सूजन आना, पेट के कीड़े इत्यादि शिकायतें भी सहज ही दूर होने लगेंगी।

- तिल्ली बढ़ने पर (प्लीहोदर रोग) निर्गुण्डी के ताजा पत्तों को सिलबट्टे पर पीसकर, कपड़े की पोटली में रखें और निचोड़कर रस निकाल लें। थोड़ा पानी भी मिला सकते हैं। इस निर्गुण्डी के एक कप रस में एक कप गोमूत्र का अर्क या आधा कप ताजा गोमूत्र मिलाकर सुबह निराहार पिएं। लाभ होने तक नियमित सेवन करें। ध्यान दीजिए—गोमूत्र लेते समय उसे दो-तीन बार कपड़छन अवश्य कर लें। गोमूत्र हेतु देशी गाय ही स्वीकार्य है। जरसी गाय का मूत्र न लें। गोमूत्र का अर्क बाजारों में उपलब्ध है।
- खांसी—निर्गुण्डी की जड़ को छाया में सुखाएं। जब यह भली-भांति सूख जाए तो इसका बारीक कपड़छन चूर्ण तैयार कर लें। यह पावडर शहद के साथ दिन में तीन-चार बार एक से दो ग्राम की मात्रा में चाटते रहने से न्यूमोनिया, खांसी तथा गले में कफ जमा होने की शिकायतें शीघ्र दूर हो जाती हैं।
- विभिन्न रक्त-विकार—निर्गुण्डी की जड़ के चूर्ण को एक महीने तक गोमूत्र के साथ सेवन करने से विविध रक्त विकारों से मुक्ति मिल जाती है।
- समस्त रोगों में यही चूर्ण एक से तीन ग्राम की मात्रा में सुबह, दोपहर एवं शाम को सेवन करते रहने से लाभ होता है।
- वर्ण निखार हेतु निर्गुण्डी की जड़ के चूर्ण को गाय के घी के साथ मिलाकर चाटने से कृष्ण वर्ण के व्यक्ति की कृष्णता कम होने लगती है।
- वीर्य बढ़ाने हेतु निर्गुण्डी की जड़ का चूर्ण तीन ग्राम की मात्रा में ठंडे पानी से रात को सोते समय, सात रात्रियों तक सेवन करने से बल और वीर्य बढ़ते हैं। चार सप्ताह तक यही प्रयोग करने से तेजस्विता बढ़ती है।
- विघ्नों के नाश हेतु निर्गुण्डी की जड़ को घर में रखने से समस्त विघ्न नष्ट होते हैं तथा घर में सांप नहीं रहते हैं।
- ज्वर चूंकि निर्गुण्डी बुखार को भी नष्ट करती है, इसीलिए विविध बुखारों में निर्गुण्डी के पत्तों का रस अनुपान के रूप में दिया जाता है। इसमें मलेरिया का सामना करने की भी विलक्षण क्षमता पाई जाती है।

2. बसूटी—यह आयुर्वेद जगत की सुप्रसिद्ध औषधि है। आयुर्वेद कहता है कि यदि दुनिया में 'वासा' (बसूटी) उपलब्ध है तथा रोगों में बचने की आशा है तो रक्त-पित्त, क्षय (टी.बी.) तथा खांसी से पीड़ित रोगियों को निराश होने की क्या आवश्यकता ? रक्त-पित्त रोग में शरीर के विविध मार्गों से रक्तस्राव होता रहता है।

- बसूटी का वानस्पतिक नाम 'अधा टोडा-वासिका' है। संस्कृत भाषी इसे वासा, वासक, वासिका, सिंहास्य (सिंह के मुख के जैसे पुष्पों वाला), आट

रूषक इत्यादि नामों से बखूबी जानते हैं। हिन्दी में इसे अडूसा तथा बाकस कहते हैं। पंजाबी में इसे वांसा, मराठी में अड्डलसा, गुजराती में अरडुसो, तमिल में एधाडड, तेलुगु में आदासरा, अंग्रेजी में मलाबार-नट तथा पहाड़ी में बसूटी नामों से जाना जाता है। तासीर में यह ठंडा होता है। स्वाद में यह तीखा (तिक्त) एवं कसैला (कषाय) होता है। इसकी जड़, पत्तों एवं पुष्पों का चिकित्सा कार्य में उपयोग किया जाता है।

- **वासा के कतिपय विशिष्ट प्रयोग**

वासा की शरबत—वासा की जड़ सौ ग्राम लें। इसे छाया में भली-भांति सुखा लें। तत्पश्चात् इसे जौ-कुट कर लें। एक लीटर पानी में रात को इसे भिगोकर रखें। प्रात:काल वासा को उसी पानी में धीमी आग पर उबलने हेतु रख दें। उबलते-उबलते जब चौथाई पानी बचा रह जाए तो इसे छान लें। इस तैयार काढ़े में दो सौ ग्राम चीनी डालकर इसे फिर से पकाएं। जब यह थोड़ा गाढ़ा होने लगे तो इसे उतार लें। ठंडा होने दें। ठंडा होने पर इसमें दस दाने लौंग, दस दाने काली मिर्च, दस दाने इलायची बारीक पीसकर डाल दें। बोतल में भरकर सुरक्षित रखें। इस प्रकार यह 'वासा का शरबत' तैयार हो गया। यह शरबत निम्न रोगों पर जादू के समान प्रभावशाली है—

(अ) श्वास नलियों में कफ जमा होने पर यह शरबत एक दो चम्मच भर मात्रा में, दिन में पांच-सात बार पीते रहने से श्वास नलियां चौड़ी होकर कफ सुगमता पूर्वक बाहर आ जाता है। इसका सेवन करने से फेफड़ों में कफ जमा नहीं हो पाता है। क्षयज-कास (ट्यूबरकुलर कफ) में भी इससे चमत्कारिक लाभ लिए जा सकते हैं। श्वसनिकाओं पर इससे जो 'प्रसारण' का प्रभाव होता है, वह धीरे-धीरे होने के बावजूद स्थायी (परमानेंट) होता है तथा श्वास नलिकाओं का प्रसार (डायलेटेशन) होकर दम फूलने की शिकायत कम हो जाती है। इस शरबत का सेवन करते रहने से फेफड़ों से आसानी से कफ पिघलकर बाहर आ जाता है। श्वसनीय शोथ (ब्रोंकाइटिस), दमा (ब्रोंकियल अस्थमा) की यह शरबत रामबाण औषधि है। एलर्जिक ब्रोंकाइटिस पर भी यह अच्छा असर दिखलाती है। पुरानी से पुरानी खांसी भी इस शरबत के सेवन से दूर हो जाती है।

विशेष—खांसी में जब बलगम के साथ खून भी आता है, तो उसमें यह शरबत विशेष लाभ देता है। चरक संहिता में भी कहा गया है—

खांसी के साथ कफ अथवा रक्त आता हो, तो 'वासा' अकेली ही समर्थ औषधि है।

(आ) काली खांसी—बच्चों में बहुधा यह बीमारी होती है। इसे ही हूपिंग-कफ (कूकर-खांसी) भी कहा जाता है। इस कष्टप्रद बीमारी में भी वासा की जड़ का काढ़ा दिन में दो-तीन बार पिलाने से शर्तिया लाभ मिलता है। काढ़ा बनाने हेतु वासा-शरबत की विधि अपनाएं। चीनी नहीं मिलाएं अपितु काढ़े में दो चम्मच शहद मिलाकर प्रयोग करें। रोज नया काढ़ा बनाकर उपयोग में लाएं। 'काढ़ा' शरबत से भी अधिक प्रभावशाली है। यह शक्तिप्रद भी है तथा बच्चों के लिए टॉनिक का कार्य करता है।

(इ) आयुर्वेद में वासा के पत्ते उत्तम उत्तेजक, कफ को निकालने वाले तथा आक्षेप को हरने वाले कहे गए हैं। इसके पुष्प गरम, कड़वे, बुखार को शांत करने वाले, मूत्र की उत्पत्ति करने वाले, रक्त की गरमी को कम करने वाले तथा मांस-पेशियों के खिंचाव को दूर करने वाले माने गए हैं। वासा की जड़ बुखार का नाश करती है, मूत्र की उत्पत्ति करती है, बलगम को छांट-छांट कर बाहर निकालती है, पेट के कीड़ों का नाश करती है तथा गैंग्रीन (कोथ-सड़न) से मुक्ति दिलाती है। वासा की मूल (जड़) में पत्तों की अपेक्षा बलगम निकालने वाले गुण अधिक हैं। पत्तों में स्वेद-जनक गुण ज्यादा हैं। फूलों में आक्षेप-हर धर्म प्रबल है। वासा गाढ़े कफ को पतला करते हुए आसानी से बाहर निकाल देता है तथा खांसी के वेग को कम कर देता है। पुरानी खांसी तथा मंद ज्वर पर सभी वासा अत्यधिक हितकर है।

3. बरयां—इसे आयुर्वेद में 'वचा' नाम से जाना जाता है। पहाड़ी में इसे बरयां तथा अंग्रेजी में 'स्वीट-फ्लैग' कहा जाता है। मराठी में इसे बेखण्ड, गुजराती में बज, घोड़ा वज, पंजाबी में वर्च, वरज, सिंधी में किनी-काठी, कन्नड में वय, तेलुगु में वस, तमिल में वसम्बु, मलयालम में बवम्बु, अरबी में वज्ज, फारसी में अगरे तुर्की, कारूनक नामों से जाना जाता है। इसका पौधा जलीय भूमि पर चार से पांच फीट तक ऊंचा होता है। इसका कंद भूमि के अंदर अदरक की तरह फैलता है। यह 'ऐरेसी' फेमिली की वनस्पति है। वचन शक्ति को बढ़ा देने में समर्थ होने के कारण इसे वचा कहा जाता है। तीखी गंधयुक्त होने से इसे उग्रगंधा कहा गया है। छह गांठों वाली होने से इसे 'षड्ग्रंथा' कहा जाता है। गाय के समान रोमयुक्त होने से इसे 'गोलोमी' भी कहा जाता है।

- आयुर्वेद में वचा को 'मेधा शक्ति' बढ़ाने वाली औषधि माना गया है। औषधीय कार्यों में इसकी जड़ एवं भूमि में रहने वाला तना ही उपयोगी होता है। यह कफ एवं वायु का शमन करने वाली तथा पित्त को बढ़ाने वाली श्रेष्ठ औषधि है। तासीर में गरम है।
- आयुर्वेद के अनुसार वचा हृदय की गति को मंद करती है तथा रक्तभार (ब्लड प्रेशर) को भी कम करती है। मेधा शक्ति को बढ़ाती है, प्रशामक (ट्रैंक्विलाइजर) गुण होने से यह चिंता, शोक इत्यादि पर बहुत अच्छा कार्य करती है। चूंकि यह मानसिक दोषों को बखूबी शांत करती है, इसीलिए उन्माद, अपस्मार पर बहुत अच्छा कार्य करती है। मांसपेशियों का खिंचाव शांत करने के कारण यह पक्षाघात (अधरंग), अपतंत्रक इत्यादि रोगों की अव्यर्थ औषधि है। वायु विकारों पर भी यह बहुत अच्छा कार्य करती है।
- ऐसे रोग जिनमें मस्तिष्क की रक्तापूर्त्ति ठीक प्रकार से नहीं हो पाती है अथवा सिरा एवं धमनियों में कोई अवरोध उपस्थित हो गया है। (ब्लड-क्लोटिंग से), ऐसी स्थिति में 'वचा का चूर्ण' एक से तीन ग्राम की मात्रा में दशमूल काढ़े (एक कप मात्रा में) के साथ रोगी को दिन में तीन बार पिलाते रहने से बेहोशी (कॉमा) से मुक्त होकर, रक्त संवहन करने वाली नलिकाओं में उपस्थित संकोच दूर होकर ये प्रसारित हो जाती हैं और मस्तिष्क को सुचारु रूप में रक्तापूर्ति होने लगती है।
- पक्षाघात (लकवा, अधरंग या पैरालायसिस) से पीड़ितों को 'वचा' से बना हुआ काढ़ा पिलाते रहने से रोगी बहुत जल्द स्वास्थ्य लाभ प्राप्त कर लेता है। इससे स्नायुओं को तत्काल शक्ति मिलती है। काढ़ा बनाने की विधि यहां पर दी जा रही है— 50 ग्राम वचा चूर्ण लेकर, एक लीटर पानी में इसे उबालें। गैस धीमी रखें। जब उबलता हुआ पानी चौथाई बच जाए, तो इसे थोड़ा ठंडा होने दें, तत्पश्चात् इसमें थोड़ी-सी मिस्री मिलाकर पी जाएं। इसी प्रकार दिन में तीन-चार बार ताजा काढ़ा बनाकर रोगी को पिलाएं।
- चिन्ता, तनाव, क्रोध की अधिकता, उद्वेग, उन्माद, अपस्मार, कम्पवात (पार्किनसनिज्म), नाड़ी दुर्बलता इत्यादि मनोदैहिक बीमारियों (साइको-सोमेटिक डिस्ऑर्डर्स) में 'वचा' के चूर्ण का उपयोग करने अथवा 'वचा' से बनी हुई औषधियों (सारस्वत चूर्ण) इत्यादि का सेवन करते रहने से इन रोगों के लक्षण धीरे-धीरे कम हो जाते हैं। इन रोगों पर 'वचा' उत्तम

ट्रैंक्विलाइजर (प्रशामक) की भूमिका अदा करती है। इन विकारों पर यह प्रयोग भी किया जाना चाहिए—

वचा-चूर्ण 100 ग्राम

ब्राह्मी-चूर्ण 100 ग्राम

जटामांसी-चूर्ण 100 ग्राम

यह मिश्रण तैयार करके सुरक्षित रखें। प्रात: निराहार दो चाय के चम्मच-भर दूध से लें तथा रात को सोते समय भी दूध से लें। सुविधा के अनुसार 'मिस्री' मिला सकते हैं।

- वचा के नियमित सेवन से ग्रंथों को ग्रहण करने की शक्ति (Power of Acquisition), धारणा शक्ति (Retention Power) तथा स्मृति (Recollection), तीनों ही बढ़ जाते हैं। इसीलिए आयुर्वेद में इसे 'मेध्य' (मेधा-शक्ति को बढ़ाने वाली) कहा है।
- बच्चों के तुतलाने या हकलाने पर यदि बच्चा थोड़ा बड़ा है तो 'वचा' का टुकड़ा मुंह में रखकर, इसका रस चूसते रहने से ये शिकायतें शीघ्र ही दूर हो जाती हैं अथवा 'वचा' की जड़ का बारीक कपड़छन चूर्ण बनाकर, एक-दो रत्ती चूर्ण लेकर, शहद के साथ बच्चे को दिन में तीन-चार बार चटाते रहें। चमत्कारिक लाभ मिलेगा। दमा (श्वास रोग), जुकाम, गले में सूजन, गला बैठना (स्वर-भेद), खांसी इत्यादि श्वसन तंत्र की तकलीफों में भी 'वचा' का टुकड़ा मुंह में रखकर चूसने से आराम मिल जाता है।
- वचा में एक खास गुण यह होता है कि इसका पाचन संस्थान पर भी बहुत ही अच्छा प्रभाव होता है। 'वचा' का प्रयोग करने से जठराग्नि का मंद होना, भूख नहीं लगना, कब्ज, अफारा, पेट-दर्द, बवासीर (पाइल्स) तथा पेट के कीड़े नामक विकार सहज ही दूर हो जाते हैं। इसके नियमित अभ्यास से मोटापा (मेदो रोग) कम होने लगता है। बच्चों के दांत निकलते समय जो ज्वर, दुर्बलता इत्यादि लक्षण पैदा होते हैं, उनको भी यह दूर करता है। पित्त-प्रकृति वालों को यह हानिप्रद हो सकता है।

2. *अर्ध रोग हरे निद्रा, पूर्ण रोग हरे क्षुधा।*

रोग हरने का आधा काम नींद कर देती है, भूख पूरी तरह से रोग का हरण कर देती है।

1. चिकित्सा शास्त्र के अनुसार नींद का नहीं आना ही बीमारी का पर्याय है। कहा भी गया है—'अनिद्रा रोग कारिणी' नींद का ठीक ढंग से आना बीमारी को दूर करने वाला होता है। उल्लेखनीय है कि बीमारी की हालत में जब रोगी को गहरी नींद नहीं आती है तो रोगी कमजोरी महसूस करने लगता है, उसकी बीमारी बढ़ने लगती है। जब रोगी को नींद आने लगती है, तो यह समझा जाता है कि रोग का बल अब कम हो गया है। स्वस्थ व्यक्ति की नींद में जब व्यवधान उपस्थित होता है, तो उसके भी बीमार हो जाने की संभावनाएं बढ़ जाती हैं। उच्च रक्तचाप (हाइपरटेंशन) इत्यादि बीमारियों में जब व्यक्ति को थोड़ी भी नींद नहीं आती है, तो नींद लाने वाली औषधियां देकर उन्हें सुलाया जाता है, इससे सुखद परिणाम मिलते हैं। गहरी नींद हमारे शरीर के लिए असीम आरोग्यदायी सिद्ध होती है। आयुर्वेद के अनुसार शरीर में बढ़े हुए 'पित्त' को शांत करने के लिए शयन (सोना) परम लाभप्रद होता है।

- 'स्कन्द-पुराण' में विवरण आता है कि जो लोग रात को सुखपूर्वक गहरी नींद लेते हैं, उनकी भूख बढ़ जाती है, फलस्वरूप उनके द्वारा ग्रहण किया हुआ आहार भली-भांति पच जाता है और शरीर के लिए परम शक्तिप्रद सिद्ध होता है।
- गरुड़-पुराण के अनुसार दरिद्र को, नौकर को, दूसरे की स्त्री पर आसक्त व्यक्ति को तथा दूसरों का पैसा हड़प जाने वाले को गहरी नींद नहीं आती है।
- अति मात्रा में सोना तथा अल्प मात्रा में सोना, दोनों ही स्थितियां शरीर के लिए नितांत हानिप्रद सिद्ध होती हैं। शरीर की पुष्टि या कृशता (वीकनेस) नींद पर ही निर्भर करती है। ठीक ढंग से निद्रा का सेवन करने से शरीर में विविध रोगों से लड़ने की क्षमता बढ़ जाती है। रोग-प्रतिरोध क्षमता (इम्युनिटी) के घटने-बढ़ने में भी नींद की महत्त्वपूर्ण भूमिका होती है। पुरुषत्व शक्ति तथा नपुंसकता भी नींद पर ही निर्भर है। गहरी नींद लेने से शरीर की रस-रक्त आदि धातुओं का पोषण प्राप्त होता है, जिससे वीर्य (शुक्रधातु) की दिनों-दिन बढ़ोतरी होती रहती है और व्यक्ति में पौरुष-शक्ति (यौन-शक्ति) निरंतर बनी रहती है। मन प्रफुल्लित रहता है। चरक-संहिता के अनुसार सुख, दुख, पुष्टि, कृशता, बल, निर्बलता, यौन-शक्ति, नपुंसकता, ज्ञान, अज्ञान, जीवन एवं मृत्यु ये सब निद्रा के ही अधीन हैं।
- रात के समय जागने से हमारे शरीर में रूखापन आता है। दिन में सोने से शरीर में स्निग्धता पैदा होती है। ध्यान देने योग्य बात यह है कि नियमित रूप से दूध और घी का सेवन करने वालों, मोटापे से पीड़ितों, कफ प्रकृति

के लोगों, कफज-बीमारियों से पीड़ितों, विष-पीड़ितों, कंठ-रोग से पीड़ितों को दिन में नहीं सोना चाहिए। ऐसे लोग जो ज्यादा अध्ययन करने अथवा मानसिक कार्य करने से थकान महसूस करते हैं, जिन्होंने आयुर्वेदीय पंचकर्म उपचार (संशोधन-चिकित्सा) कराए हैं। जो उल्टी या दस्त से पीड़ित हैं या जिनके शरीर से जल तत्त्व का नाश हुआ हो, जो अत्यधिक पैदल चलते हैं या शारीरिक परिश्रम करते हैं, अपच (अजीर्ण) रोग से पीड़ित हैं। शरीर में दर्द, हिचकी तथा श्वास रोग आदि से पीड़ित हैं, क्रोध-भय इत्यादि मनोभावों से पीड़ितों, वृद्ध एवं बच्चों तथा ग्रीष्मकाल में दिन में सोना चाहिए। इसके अलावा ऊंचे स्थान से गिरने से जिसे चोट लगी हो वह भी दिन में सोने का अधिकारी है। इन समस्त विशिष्ट अवस्थाओं को छोड़कर सामान्यतः रात के समय ही सोना चाहिए।

- ब्राह्म मुहूर्त एवं संध्या काल में भी शयन निषेध किया गया है। सूर्योदय के बाद अथवा सूर्यास्त के समय सोने वाले व्यक्ति को 'लक्ष्मी' छोड़ देती है, ऐसा चाणक्य का मंतव्य रहा है। आयुर्वेदीय ग्रंथ 'योग-रत्नाकर' के अनुसार संध्या काल में सोने से 'आयु हानि' होती है। दिन में भोजन के पहले सोने से पेट की अग्नि ऐसी तीव्र हो जाती है कि 'लक्कड़-पत्थर' सब हजम हो जाते हैं। भोजन करने के बाद सोने से वायु, पित्त शांत होते हैं, कफ बढ़ता है, शरीर को पोषण प्राप्त होता है तथा सुख प्राप्त होता है।

नींद क्यों नहीं आती है?

बीमारी, भय, चिन्ता, क्रोध, व्यायाम, उपवास इत्यादि कारणों से व्यक्ति को नींद नहीं आती है। धूम्रपान, अलकोहल सेवन, नमक का अति सेवन, कोल्ड-ड्रिंक्स, कॉफी, तले हुए आहार-द्रव्यों का अधिक सेवन करने से भी समय पर और गहरी नींद नहीं आ पाती है। विशेषज्ञों के अनुसार नींद नहीं आने का प्रमुख कारण शरीर में विटामिनों की कमी भी है। इसलिए ऐसे आहार-द्रव्यों का सेवन किया जाना चाहिए, जिनमें विटामिन-सी, विटामिन डी, बी-कॉम्प्लेक्स, कैल्शियम, मैग्नीशियम, पोटेशियम तथा जिंक आदि तत्त्व मिल सकें।

गहरी नींद हेतु उपयोगी साधन

- सोने का एक निश्चित समय निर्धारित करें। उस समय समस्त काम-काज छोड़कर अवश्य ही सो जाएं। इससे स्वाभाविक और गहरी नींद आ जाती है। बुजुर्गों ने भी कहा है कि सुबह उठना, मल-मूत्र त्याग करना, स्नान, भोजन एवं शयन ये समस्त कार्य सदैव समय पर ही किए जाने चाहिए।

- सोते समय कम से कम कपड़े पहनें। बिजली बुझा दें। कोशिश करें कि पड़ोस के कमरे से प्रकाश आए, वह भी न्यूनतम। शयन-कक्ष हवादार एवं बिस्तर सुसज्जित एवं साफ-सुथरे होने से भी नींद आने में सुविधा रहती है।
- सोते समय मन को सुखद लगने वाले शब्दों का श्रवण (गायत्री या प्रणव-मंत्र या शास्त्रीय संगीत की धुनें, महात्माओं के प्रवचन) करने से भी गहरी नींद आती है।
- शयन कक्ष में जाने से पूर्व गर्मियों में ठंडे पानी से तथा सर्दियों में गरम पानी से स्नान करने से भी गहरी नींद आती है। शरीर पर औषधीय तेलों की मालिश करने या किसी प्रिय व्यक्ति से शरीर को दबवाने से भी गहरी नींद आती है।
- आयुर्वेद के अनुसार हमें नींद तब तक नहीं आएगी, जब तक हमारी 'कफ' की नाड़ी नहीं चलती। यदि किसी तरह से कफ की नाड़ी चला दी जाए, तो तत्काल नींद आ जाती है। आयुर्वेद के अनुसार नींद, कफ एवं तम दोष से पैदा होती है। दूध, घी इत्यादि कफ बढ़ाने वाले आहार द्रव्यों का सेवन करने से भी गहरी नींद आती है।
- पंडित श्रीराम शर्मा आचार्य के अनुसार दिन में सूर्य-किरण स्नान लेने से रक्त की 'प्राण-पोषक शक्ति' बढ़ जाती है। रक्त की प्रवाह गति में तीव्रता आती है। श्वास-क्रिया गहरी और धीमी हो जाती है, फलस्वरूप रात में गहरी नींद आती है। सूर्य-रश्मि स्नान की विधि यहां पर प्रस्तुत की जा रही है—

सूर्य रश्मि स्नान के लिए सौम्य (अधिक तेज नहीं) होनी चाहिए। धूप का सेवन करते समय सिर पर एक सूखा वस्त्र (चादर, रूमाल) अवश्य रखें। यदि धूप में तेजी हो तो सिर पर गीला कपड़ा रखें। सूर्य-रश्मि स्नान लेते समय आंखें बंद रखनी चाहिए। अन्यथा 'नेत्र-ज्योति' कम पड़ सकती है। गर्मियों में दस से तीस मिनट तक तथा सर्दियों में बीस से साठ मिनट तक सूर्य-रश्मि स्नान कर लेना चाहिए। गर्मियों में प्रातः साढ़े सात से आठ बजे तक सूर्य-रश्मि स्नान कर लेना चाहिए और सायंकाल साढ़े पांच से छह बजे के पश्चात् ही करना चाहिए। सर्दियों में सवेरे नौ बजे या साढ़े नौ बजे से पहले तथा शाम को चार से पांच के बाद सूर्य-रश्मि स्नान कर लेना चाहिए।

2. पूर्ण रोग हरे क्षुधा— कहावत के आधे हिस्से में यह बतलाया गया है कि क्षुधा (भूख) समस्त रोगों का हरण करने में समर्थ होती है।

- भूख से जठराग्नि की स्थिति का पता चलता है। भूख नहीं लगना अथवा भूख कम होने से यह सहज ही अनुमान लग जाता है कि जठराग्नि मंद पड़ गई है। आयुर्वेद कहता है कि मंदाग्नि से ही रोग पैदा होते हैं। **'रोगाः सर्वेऽपि मन्दाऽग्नौ'** अच्छी भूख लगना तेज जठराग्नि का सूचक है। प्रखर जठराग्नि से रोगों का नाश होता है तथा शरीर में शक्ति का संचार होता है। इसे यों जानें कि जठराग्नि का बढ़ना ही जीवन है। जैसे-जैसे व्यक्ति बुढ़ापे की अवस्था से मृत्यु तक पहुंचता है, उसकी जठराग्नि मंद पड़ जाती है तथा उसकी भूख (क्षुधा) समाप्त हो जाती है। अच्छी भूख लगने से ही भोजन के प्रति रुचि एवं स्वाद बढ़ता है, आहार का सुचारु रूप से पाचन हो जाता है, शरीर की रस-रक्त आदि धातुओं को पोषण प्राप्त होता है। बीमारी की अवस्था में भी भूख कम हो जाती है। पुनः जब भूख लगने लगती है, तो उसका अभिप्राय यह होता है कि रोग का बल कम हो गया है और जब भूख खुलकर लगने लगती है तो उससे यह अनुमान लग जाता है कि व्यक्ति अब स्वस्थ हो गया है। इसीलिए कहा गया है—पूर्ण रोग हरे क्षुधा।

स्वास्थ्य/इलाज/चिकित्सा पर श्रेष्ठ पुस्तकें

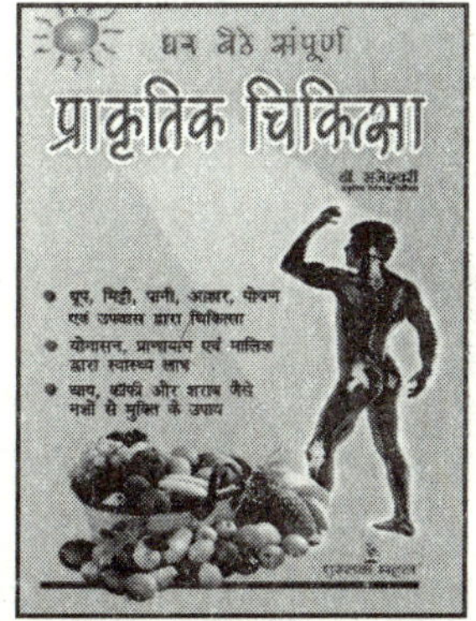

डाकखर्च :
1 पुस्तक पर
30/- रुपए
अतिरिक्त

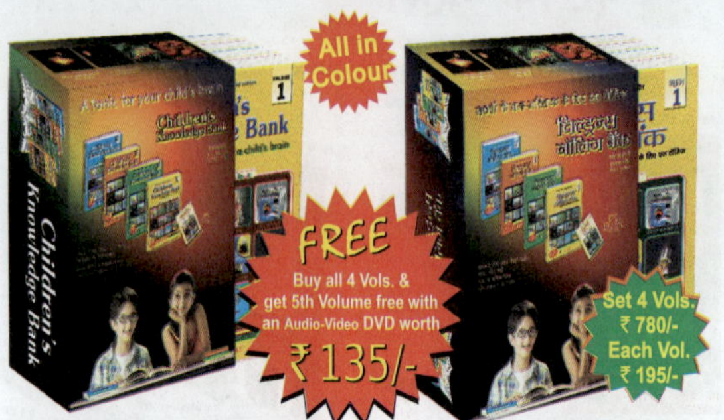

- Four Volumes • Over 800 Pages
- Over 900 Illustrations • 890 Articles

Available in Hindi & English

चमत्कारी facebook के रचयिता मार्क जुकरबर्ग — ₹ 120/-

75 गेम्स — ₹ 150/- Ⓣ Ⓔ

₹ 120/-

ऐसा 'क्यों' और 'कैसे' होता है — ₹ 150/-

कंप्यूटर/पॉपुलर साइंस/मैजिक

Available in English

₹ 165/-

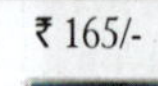

₹ 165/-

₹ 140/-

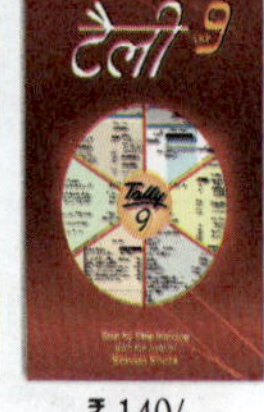

₹ 140/-

₹ 160/-

₹ 100/-

₹ 140/-

₹ 96/-

₹ 120/-

₹ 96/-

₹ 160/-

₹ 80/-

₹ 100/-

₹ 100/-

₹ 80/-

₹ 100/-

₹ 96/-

डाकखर्च: 30 से 40/- रुपए पुस्तक अतिरिक्त

ज्योतिष/अंक शास्त्र

₹ 800/- (E)

सजिल्द लाइब्रेरी संस्करण

₹ 395/-

₹ 150/-

₹ 120/-

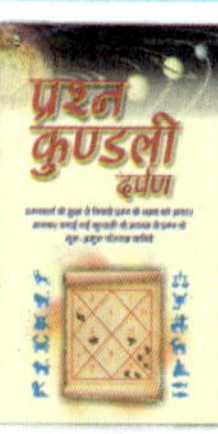

₹ 150/-

₹ 150/-

₹ 150/-

₹ 150/-

₹ 100/-

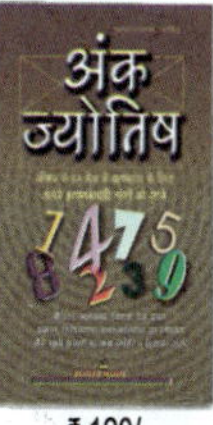

₹ 120/-

₹ 120/-

₹ 100/-

₹ 120/-

भवन निर्माण

₹ 175/-

₹ 250/-

उपयोगी कलाएं

₹ 120/-

₹ 150/-

₹ 120/-

₹ 100/-

हिन्दी अध्ययन

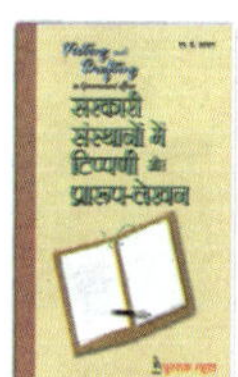

₹ 180/-

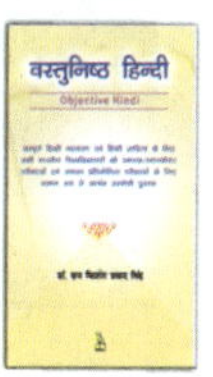

₹ 96/-

₹ 120/-

वाद्य एवं संगीत

₹ 120/-

₹ 120/-

₹ 120/-

₹ 100/-

₹ 195/-

₹ 96/-

₹ 150/-

₹ 100/-

₹ 100/-

₹ 100/-

₹ 120/-

डाकखर्च: 30 से 40/- रुपए पुस्तक अतिरिक्त

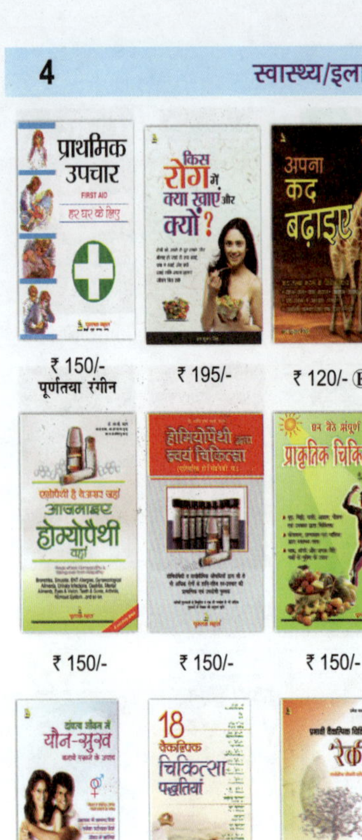

₹ 150/- पूर्णतया रंगीन | ₹ 195/- | ₹ 120/- Ⓔ | ₹ 195/- | ₹ 150/- | ₹ 250/- | ₹ 195/-

₹ 150/- | ₹ 150/- | ₹ 150/- | ₹ 175/- | ₹ 100/- | ₹ 195/- | ₹ 175/-

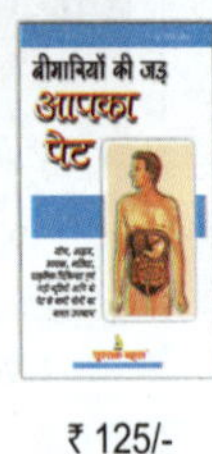

₹ 120/- | ₹ 140/- | ₹ 100/- | ₹ 125/- | ₹ 125/- | ₹ 125/- | ₹ 100/-

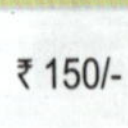

₹ 80/- | ₹ 150/- | ₹ 120/- | ₹ 100/- | ₹ 80/- | ₹ 125/- | ₹ 100/- | ₹ 120/-

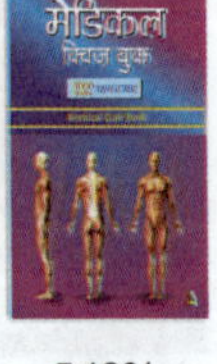

₹ 100/- | ₹ 125/- | ₹ 160/- | ₹ 120/- | ₹ 120/- | ₹ 120/- | ₹ 120/- | ₹ 120/-

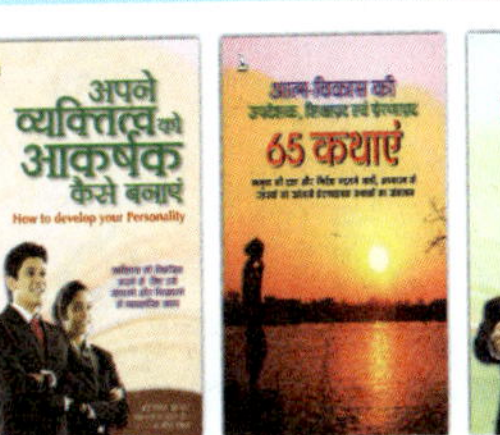

₹ 160/- ₹ 175/- ₹ 100/- ₹ 175/- ₹ 195/- ₹ 195/- ₹ 195/-

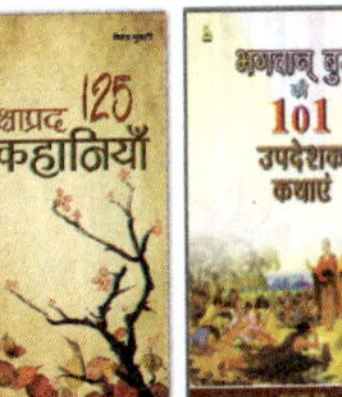

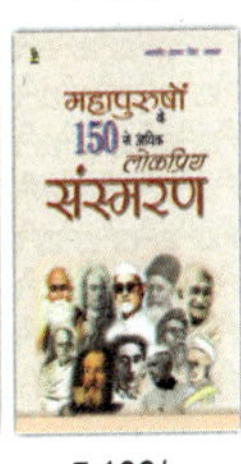

₹ 120/- ₹ 150/- ₹ 100/- ₹ 100/- ₹ 100/- ₹ 100/- ₹ 195/-

₹ 120/- ₹ 120/- ₹ 100/- ₹ 100/- ₹ 100/- ₹ 100/- ₹ 120/- ₹ 100/-

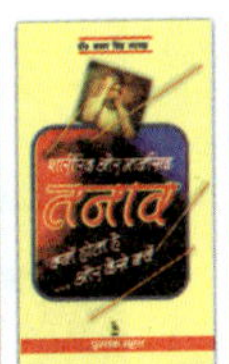

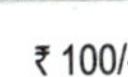

₹ 125/- ₹ 60/- ₹ 100/- ₹ 100/- ₹ 100/- ₹ 100/- ₹ 72/- ₹ 150/- ⒷⒺ

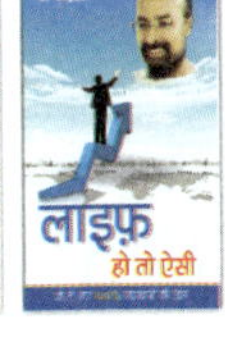

₹ 150/- ₹ 120/- ₹ 80/- ₹ 100/- ₹ 120/- ₹ 150/- ₹ 68/- ₹ 100/-

₹ 160/-	₹ 100/-	₹ 100/-	₹ 80/-	₹ 100/-	₹ 80/-
₹ 96/-	₹ 120/-	₹ 120/-	₹ 120/-	₹ 120/-	₹ 30/-
₹ 140/-	₹ 80/-	₹ 100/-	₹ 120/-	₹ 80/-	₹ 120/-
₹ 150/-	₹ 150/-	₹ 150/-	₹ 120/-	₹ 195/-	₹ 175/-
₹ 150/-	₹ 100/-	₹ 96/-	₹ 100/-	₹ 80/-	₹ 40/-

डाकखर्चः 30 से 40/- रुपए पुस्तक अतिरिक्त

महिलाओं को समर्पित उपयोगी पुस्तकें

₹ 250/- HB
Fully coloured

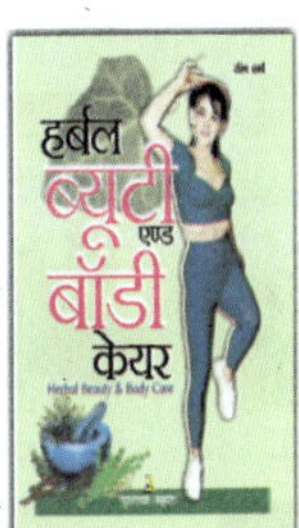

₹ 150/-

बेबी हेल्थ गाइड
Baby Health Guide

₹ 120/-

₹ 100/-

₹ 150/-

₹ 100/-

पाक कलाएं

₹ 80/-

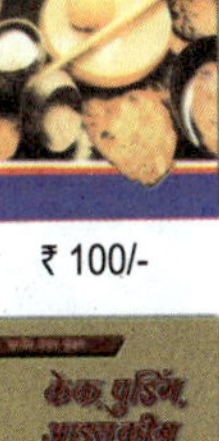

₹ 100/-

₹ 100/-

₹ 100/-

₹ 100/-

₹ 100/-

₹ 100/-

पति-पत्नी में तनाव

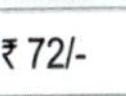

₹ 72/-

केक, पुडिंग, आइसक्रीम और मिठाइयां

₹ 100/-

₹ 100/-

₹ 100/-

₹ 100/-

₹ 100/-

₹ 100/-

बागवानी

₹ 150/-

₹ 150/-

₹ 150/-

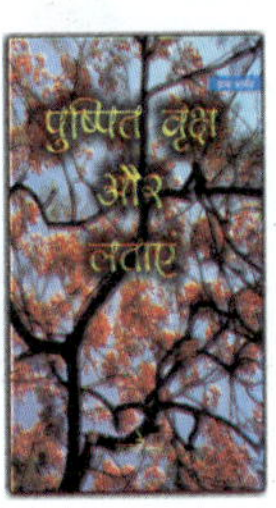

₹ 150/-

₹ 120/-

₹ 195/-

डाकखर्च: 30 से 40/- रुपए पुस्तक अतिरिक्त

रहस्य रोमांच/किस्से कहानियां

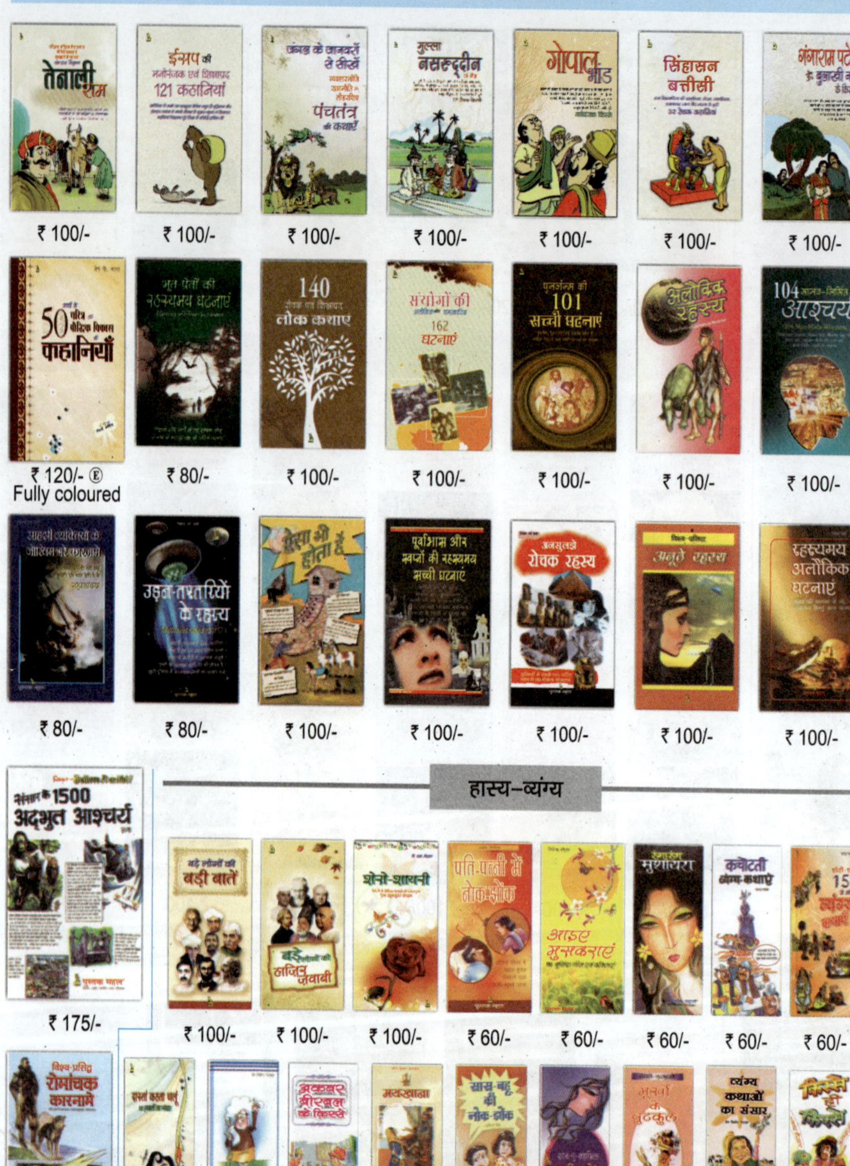

₹ 100/- Ⓔ ₹ 100/- ₹ 60/- ₹ 60/- ₹ 60/- ₹ 40/- ₹ 60/- ₹ 60/- ₹ 60/- ₹ 60/-

डाकखर्चः 30 से 40/- रुपए पुस्तक अतिरिक्त